Charles de Bernard.

LA FEMME DE QUARANTE ANS.

I.

Dans les derniers jours du mois de mars 1856, on jouait *Anna Bolena* au Théâtre-Italien. La fin prochaine de la saison avait convoqué l'arrière-ban de ce public d'élite, le plus éclairé de l'Europe à ce qu'il prétend, mais dont en réalité neuf membres sur dix seraient fort embarrassés d'une romance à lire ou d'une gamme à chanter juste. L'assemblée était donc fort nombreuse, et la salle offrait un coup d'œil aussi intéressant pour un homme du monde que pouvait l'être celui de la scène pour un artiste. Oiseaux privilégiés de cette splendide volière, les femmes, vieilles et jeunes, laides ou belles, plus généralement jeunes, mais aussi plus généralement laides, étalaient, chacune à leur perchoir accoutumé, les mille variétés du plumage à la mode menacé de la mue de Longchamps. L'irréprochable élégance des nobles filles du faubourg Saint-Germain, le luxe un peu endimanché des dames de la nouvelle cour, les atours fabuleux de certaines Anglaises, qui ont toujours l'air d'avoir pris un bain dans l'arc-en-ciel, la raideur gommée et lustrée des notables provinciales que chaque printemps voit s'abattre sur Paris, se reconnaissaient à des signes infaillibles et fractionnaient cette réunion choisie en autant de castes exclusives.

Les hommes se trouvaient divisés en tribus non moins distinctes, quoique peut-être moins hostiles, car la vie publique porte à la tolérance. A travers les plumes, les aigrettes, les diadèmes, les turbans, les marabouts, les bonnets ornés de fleurs, et autres coiffures exorbitantes qui ondoyaient le long du triple rang des loges, apparaissaient les mortels admis à un titre quelconque aux faveurs de l'intimité féminine : maris, pères, cousins, cavaliers servans, amis de la maison, en un mot tous les hommes en puissance de coëffe. Aux stalles du balcon se prélassaient les lions de la ménagerie fashionable ; glorieux jeunes gens à qui, pour renouveler les marquis de Molière, il ne manque qu'une petite chose : les marquisats ; race superbe commençant invariablement par un toupet frisé, continuant par un binocle et finissant par une paire d'éperons. L'orchestre appartenait sans contestation, moitié aux habitués à chevrons, dont la carrière musicale compte trois campagnes, l'Odéon, Louvois, Favart, et qui, en entendant mademoiselle Grisi, chevrottent de souvenance les cadences de madame Barilli ; moitié aux suzerains de la presse, dont pour certaine raison je ne dirai pas de mal. Enfin, sur les banquettes bleues du parterre, à part quelques bourgeois égarés, et jurant, comme le corbeau, qu'on ne les y prendrait plus, s'entassait le véritable auditoire, le public jeune, artiste, enthousiaste, le seul de tous les théâtres de Paris qui rappelle l'intelligence et le goût des anciens parterres.

L'opéra était commencé ; les amateurs, venus pour l'entendre, imposaient despotiquement le silence, à défaut d'attention. Soumis à l'influence du sanctuaire, quelques dandys essayaient de faire acte de dilettantisme en battant la mesure à faux ; de leur côté, chaque fois que le rhythme d'un motif s'élançait dans le domaine de la valse ou de la contredanse, la plupart des jeunes femmes qui ont d'ordinaire le sens musical dans les jambes, dodelinaient la tête avec une mignardise toute séduisante, si elle n'eût rappelé l'oscillation burlesque des magots chinois. L'immense majorité cependant, pour qui, bien qu'elle ne veuille pas en convenir, une soirée aux Italiens équivaut à un jour de garde, prenait son plaisir en patience et écoutait la musique de Donizetti à grand renfort de lorgnons et de jumelles.

Parmi les loges dont les locataires n'accordaient à la représentation qu'une attention distraite, on eût pu citer une baignoire de gauche, située près de la barre qui sépare l'orchestre du parterre. Deux femmes s'y trouvaient assises. La première, du côté du théâtre, offrait un si harmonieux ensemble de physionomie, de maintien et de toilette, qu'en s'arrêtant sur elle, l'œil le moins bienveillant ne savait d'abord où darder sa critique. Son front, noble et intelligent, ressortait blanc comme une coupe d'albâtre, sous l'encadrement vaporeux d'un bonnet à la folle, dont les petites fleurs bleues se mariaient à des cheveux d'un blond cendré, tandis que les brides, habilement disposées, dissimulaient ce que l'ovale du visage pouvait avoir d'allongé ou plutôt d'amaigri. Une robe de soie brochée grise, recouverte d'un mantelet de satin noir à demi tombé des épaules, faisait valoir sa taille svelte et sa tournure pleine de dignité. Les moindres accessoires de ce costume, si simple en apparence, attestaient le goût éprouvé et la science profonde qui avaient présidé à ses combinaisons. Assise avec une sorte de langueur souffrante, cette femme levait parfois aux frises du théâtre des yeux si tendrement rêveurs, sa pâleur de blonde semblait si mate et si pure, ses mouvemens, soit qu'elle s'appuyât au dos de son fauteuil, soit qu'elle s'accoudât sur le bord de la loge, étaient empreints d'une calme lenteur si aristocratique, que l'implacable lorgnon d'un observateur de profession pouvait seul la trouver un peu moins jeune que belle, et classer cette fleur de baignoire parmi les violettes d'automne.

La compagne de cette séduisante personne offrait à ses côtés le plus étrange contraste. Non contente d'avoir reçu du ciel une de ces figures dont les femmes d'un âge équivoque ou d'une beauté contestée apprécient le voisinage, elle paraissait avoir pris à tâche de compléter par l'art l'œuvre de la nature. Figurez-vous un casse-noisette de Nuremberg, coiffé d'un chapeau à la Henri IV couleur coquelicot, et engainé dans un étui à parapluie de chalis bariolé, sur lequel une incroyable profusion de magots de la Chine prenait d'assaut une collection de pagodes non moins extravagante. A côté de cette étonnante créature, une douairière eût rajeuni, une laide eût embelli, et peut-être était-ce là le secret de l'intimité qui unissait en apparence deux personnes d'une nature si disparate.

Le fond de la loge était occupé par un jeune homme d'une figure agréable et régulière, mis avec une élégance qui approchait de la recherche. Malgré ses efforts pour maintenir sur ses lèvres le sourire d'une amabilité insouciante, sa physionomie trahissait une préoccupation secrète. Chaque fois qu'il se penchait en parlant à ses voisines, ses yeux profitaient de ce mouvement pour explorer avec une inquiétude mêlée d'impatience ce qui se passait dans la salle. A la fin, cette pantomime fut remarquée de la dame blonde, derrière laquelle il était assis.

— Qui donc cherchez-vous? lui demanda-t-elle d'une voix un peu traînante en le regardant fixement.

— J'avais cru voir monsieur de Flamareil, répondit le jeune homme, qui se retira au fond de la baignoire.

— Et depuis quand vous occupez-vous de mon mari? reprit-elle avec un sourire incrédule. Je crois plutôt que vous voulez savoir si votre oncle peut vous apercevoir. Je ne suis pas dans les bonnes grâces de monsieur de Pomerars; et s'il vous voyait dans ma loge, vous seriez sans doute grondé. Mais rassurez-vous, mademoiselle Grisi chante, il ne se retournera pas.

Pendant cette phrase, prononcée avec une intention de moquerie, madame de Flamareil avait désigné à son interlocuteur un petit vieillard placé à l'orchestre à quelques pas de là, et dont on n'apercevait que la tête blanchie et poudrée; à sa droite était assis un jeune homme d'une vingtaine d'années, frisé, bichonné, gourmé comme tout débutant frais éclos du collége, et qui, le menton pittoresquement emboîté dans sa main gantée de jaune, les yeux écarquillés avec une sorte de béatitude, se donnait un torticolis perpétuel pour découvrir ce qui se passait dans la baignoire. En rencontrant le regard de madame de Flamareil, qui avait glissé sur lui avant de s'arrêter sur son voisin, il détourna les yeux, rougit comme une jeune fille, et se mit à mâchiller, par contenance, la pomme d'or d'une jolie canne de Verdier.

— Mon oncle ne songe pas à moi, répondit le sigisbé, mais en revanche monsieur de Boisgontier s'occupe beaucoup de vous. Depuis une demi-heure il n'a pas cessé de vous regarder.

Madame de Flamareil éprouva la sensation agréable que cause toujours à une femme la jalousie dont elle se croit l'objet; mais par une générosité assez rare, elle ne voulut pas savourer ce plaisir aux dépens du repos de celui qu'elle aimait. Elle reprit donc avec une flatteuse ironie :

— Le savoir-vivre n'est pas la vertu ordinaire des écoliers, pardonnez à ce petit monsieur : si je rencontre jamais son professeur, je le prierai de lui infliger une pénitence; ainsi ne vous occupez plus de lui.

Puis, se renversant sur le dos du fauteuil, mouvement qui rapprocha son visage de celui de son voisin : — Edouard, dit-elle tout bas, vous rappelez-vous? il y a cinq ans, cette stalle était la vôtre. Tous les samedis vous étiez là, pour moi; vous ne regardiez aussi, vous, plus que vous ne le faites maintenant. Votre seule ambition, votre rêve, m'avez-vous dit souvent, était d'obtenir une place dans cette loge où vous êtes aujourd'hui. Vous m'aimiez alors.

— Mistriss Lawington écoute, dit tout bas le jeune homme, qui désirait détourner la tendance sentimentale de la conversation.

Sans changer d'attitude, madame de Flamareil jeta un regard oblique sur l'Anglaise au chapeau coquelicot qui lui servait de chaperon.

— Écoute, peut-être, dit-elle, mais comprend, je l'en défie.

— Cinq ans! répéta-t-elle ensuite; oh! sans doute c'est là une éternité, et j'ai tort de me plaindre.

— Vous plaindre... de moi? demanda l'amant d'un air contraint.

— De moi plutôt, qui ne sais plus plaire, répondit-elle avec un sourire de résignation.

Edouard arma son regard du reproche le plus tendre, et saisissant à la dérobée une main qui lui fut abandonnée sans résistance, il dit le plus pathétiquement possible :

— Eudoxie!

Ce fut là tout ce qui lui inspira son éloquence; mais une femme trouve toujours son nom, prononcé d'une certaine manière, le plus beau de tous les discours.

Lablache, qui jouait le rôle de Henri VIII, était en scène. Son imposante figure, la fidélité de son costume, sa prestance colossale, sa voix foudroyante, donnaient au personnage qu'il représentait un cachet de vérité fort rare au théâtre. C'était bien là le volage despote, prêt à passer tout sanglant du lit d'Anne de Boleyn à celui de Jeanne Seymour. On eût dit le portrait du royal Barbe-Bleue descendu de son cadre de Westminster.

— On accuse Henri VIII, dit madame de Flamareil, depuis un moment silencieuse et pensive; moi, je le comprends et je l'absous. C'était un cœur généreux; lorsqu'il ne les aimait plus, il les tuait.

Edouard dégagea sa main de la pression presque convulsive qui venait de l'étreindre et s'appuya au fond de la loge en haussant légèrement les épaules, de l'air d'un homme qui ne se sent aucune vocation pour ensanglanter son inconstance.

Le silence régna quelque temps dans la baignoire. Mistriss Lawington se tenait immobile sur son fauteuil avec une raideur toute britannique; à demi ployée sur le sien, sa voisine regardait vaguement devant elle en respirant un petit flacon; le jeune homme qui venait de montrer si peu de goût pour les débats d'une controverse sentimentale était retombé dans sa préoccupation involontaire. Tout-à-coup il se froissa les doigts les uns contre les autres par un mouvement d'impatience nerveuse, et se penchant entre les deux femmes, examina attentivement les loges placées de l'autre côté de la salle; madame de Flamareil s'avança de son côté, mais sans pouvoir découvrir ce qui attirait ainsi l'attention de son amant. Par un instinct de jalousie qu'elle ne chercha pas à réprimer, elle interrogea brusquement la physionomie de celui-ci, et lui dit d'une voix sourde :

— Celle que vous attendez n'est pas encore venue? est-elle jolie, du moins?

— Quelle folie! répondit le jeune homme, en se levant comme s'il eût éprouvé le besoin de locomotion qui tourmente un lion en cage.

En ce moment, la porte de la loge voisine s'ouvrit, et un affreux parfum oriental s'épandit à l'entour dès que s'y fut installée une grosse dame en robe blanche et en cachemire vert violacé, espèce de botte d'asperges au musc.

— Quelle odeur désagréable! s'écria mistriss Lawington avec le pur accent de Londres, et en portant son mouchoir à son nez.

— Voulez-vous mon flacon? lui demanda sa voisine.

— Oh! non, merci, répondit l'Anglaise; mais j'aimerais beaucoup une rose.

En lui-même, Edouard remercia l'insulaire de cette indiscrétion; et saisissant l'occasion par les cheveux :

— Cette odeur de musc est capable de donner la migraine : permettez-moi d'aller vous chercher des bouquets.

Sans attendre la permission ni consulter les regards de madame de Flamareil, il ouvrit la porte et s'élança dehors, léger comme un oiseau qui s'échappe de sa prison.

II.

— Monsieur de Mornac est véritablement fort aimable, dit mistriss Lawington à qui la démarche du jeune homme inspirait la reconnaissance qu'une femme laide éprouve toujours pour les attentions dont elle est habituellement sevrée.

— Fort aimable ! répéta sa compagne en souriant tristement ; mais je crains qu'il ne vous fasse attendre votre bouquet.

Le jaloux instinct de madame de Flamareil ne s'était pas trompé en attribuant le brusque départ de son amant à un motif tout autre que la galanterie ; en effet, dès qu'il eut mis le pied hors de la baignoire, Édouard parut avoir entièrement oublié les personnes qu'il y laissait et le prétexte dont il s'était servi pour justifier sa sortie. Fort insensible désormais aux répugnances de mistriss Lawington en fait de parfums, au lieu de chercher la bouquetière, il escalada lestement deux étages, fit le tour du corridor supérieur, et, arrivé devant une loge dont il lut le numéro, appliqua un regard curieux à l'œil-de-bœuf, qu'un petit rideau vert ne couvrait qu'à demi. Il aperçut alors plusieurs femmes, mais son attention se porta d'abord sur une d'elles, assise au premier rang. C'était une jeune fille, âgée de dix-huit ans au plus, jolie dans le genre des bergères de Watteau, dont le frais embonpoint annonçait une santé champêtre et un cœur placide que n'avait point encore altérés l'étiolement parisien. Vêtue de blanc avec toute la recherche que comporte une toilette de demoiselle, elle tenait les yeux immuablement fixés sur le théâtre, sans que ses traits révélassent aucune des impressions que pouvaient lui faire éprouver la musique. A côté d'elle était une femme d'un âge mûr, sa mère, si l'on en croyait une ressemblance prononcée, dont la physionomie offrait une indéfinissable expression de dépit, de mécontentement et de hauteur.

— Elle est bien, se dit Édouard, malgré sa gaucherie de pensionnaire et ses couleurs de Basse-Normande. Mais, en revanche, madame de Passerot a l'air diantrement revêche. Sa figure de caporal autrichien promet une belle-mère peu réjouissante. Je suis sûr qu'elle est furieuse contre moi, et n'a-t-elle pas raison ? Ma conduite doit passer pour une impolitesse inouïe, pour une offense préméditée. Mais quel caprice de venir aux Italiens a pris subitement Eudoxie, qui était malade hier ? Ses instances pour que je l'accompagne, l'anxiété qui lui fait épier mes moindres gestes, tout cela n'est pas naturel. Se douterait-elle de quelque chose ?

Ici, le soliloque fut interrompu. Le rideau venait de baisser, et l'une des dames de la loge se retournait pour ouvrir la porte. Peu curieux d'être surpris en flagrant délit d'indiscrétion, et d'accroître ainsi les torts qu'il se reprochait déjà, le jeune homme battit précipitamment en retraite. Au moment où il allait descendre l'escalier, une grosse main se posa sur son épaule, et une voix de basse-taille l'interpella vivement.

— Parbleu ! vous êtes un aimable garçon : voilà deux heures que je monte la faction dans le foyer en vous attendant. D'où diantre sortez-vous, je vous prie ?

L'individu qui parlait de la sorte était un homme de trente-six ans environ, grand, vigoureusement constitué, et doué d'une de ces tournures martiales pour lesquelles certaines femmes conçoivent une estime particulière. Sa redingote boutonnée jusqu'au menton, ses bottes éperonnées, son pantalon large comme celui d'un mameluck, annonçaient une sorte de dédain de la tenue élégante et sévère qui est d'étiquette au Théâtre Italien. Au ruban rouge de sa boutonnière, à la coupe de ses favoris taillés horizontalement du coin de l'oreille à la moustache, selon l'ordonnance militaire, à la teinte cuivrée qu'avait contractée son visage, quoiqu'il fût blond, on devinait un officier de l'armée, arrivant d'Alger, selon toute apparence ; car le hâle de tous les bivouacs d'Europe n'eût pas produit cette splendide carnation qui rappelait le coloris d'un rôt brûlé.

— Mon cher Garnier, répondit Édouard en se retournant, vous voyez l'homme le plus désespéré...

— Mon cher Mornac, interrompit l'officier, si c'est ainsi que vous entendez les entrevues matrimoniales, vous courez grand risque de rester garçon. Comment, mort-dieu ! ma tante et Loïde sont à leur poste depuis le commencement de la représentation ; et vous manquez au vôtre ! Je n'ai pas voulu paraître au balcon sans vous, afin de vous laisser un moyen d'excuse, en prenant au besoin sur mon compte votre con-

duite cavalière. Ma tante est orgueilleuse et susceptible comme tous les diables, je vous en préviens ; elle est devenue Passerot de la tête aux pieds ; soyez sûr qu'elle ne vous pardonnerait pas un manque d'égards. Mais voilà un sermon assez long ; nos deux stalles nous attendent : ainsi, à gauche par quatre, en avant.

— C'est que, reprit Édouard avec un embarras que trahissait l'hésitation de ses paroles, j'ai eu le malheur de me laisser enchaîner... par un devoir de société... auquel il m'a été impossible de me soustraire... Je ne suis pas seul ici...

— Vous êtes avec des femmes ?

— Oui, répondit le jeune homme d'un air irrésolu.

— Eh bien ! allez leur dire qu'il s'agit de votre mariage, elles comprendront cela, et vous rendront votre liberté.

— Voilà précisément ce que je ne puis pas dire.

L'officier s'arrêta, et regarda Mornac entre les deux yeux.

— Ah ! ah ! nous sommes encotillonnés, dit-il ensuite avec un laisser-aller d'élocution qui sentait la caserne. Vous manquez d'usage, mon cher, la règle est de donner congé trois mois avant le mariage. Mais vous ne m'aviez pas encore parlé de vos amours.

Édouard maîtrisa la répugnance que lui inspiraient ce langage soldatesque et ces allusions brutales à un sentiment qu'il avait toujours entouré de délicatesse et de respect.

— Je vous aurais fait ma confession tôt ou tard, répondit-il ; mademoiselle de Passerot n'a ni père ni frère, et je dois vous donner, à vous, son cousin, les explications que les parens d'une jeune fille ont le droit d'exiger de celui qui aspire à sa main. Nous parlerons de cela un autre jour ; en attendant, vous voyez que je me trouve dans une position embarrassante, venez à mon secours. Il m'est impossible de vous accompagner, ainsi trouvons quelque prétexte plausible à mon absence...

— Brrrrr, fit Garnier ; comme vous voudrez ; mais ne comptez pas sur moi pour être votre avocat auprès de ma tante. C'est donc une impératrice que votre Dulcinée ? Il me semblait cependant qu'un jour d'entrevue conjugale on pouvait donner congé au sentiment. Allons, entrez-vous avec moi au balcon, oui ou non ?

Les deux hommes se trouvaient alors dans le couloir des premières loges ; avant que Mornac eût pu répondre, un petit vieillard, portant haut sa tête poudrée ; marchant le jarret tendu et les mains dans les poches de son pantalon, le menton englouti jusqu'aux oreilles par une cravate blanche dont la rosette rappelait les incroyables du directoire, les revers de l'habit jetés en arrière avec une audace juvénile, vint se poster entre eux en fredonnant d'une voix aigrelette un des motifs chantés par Lablache. On eût dit d'une sonnette fêlée contrefaisant le bourdon de Notre-Dame.

— Eh bien ! jeunes gens, dit le représentant des anciens jours en interrompant sa cantilène, à quoi songez-vous ? Je ne vous ai vus au balcon ni l'un ni l'autre. Ces dames sont là cependant. Pourquoi n'arrivez-vous qu'au second acte ?

— Demandez cela à votre neveu, répondit l'officier avec un accent un peu bourru. Tandis que ma tante et ma cousine se morfondent dans leur loge, monsieur de Mornac distille le sentiment avec la dame de ses pensées. Cela ne promet-il pas à Loïde un époux tendre et fidèle ?

— Permettez, commandant, dit monsieur de Pomeuars, qui, prenant le bras d'Édouard, l'emmena à deux pas.

— Madame de Flamareil est ici ? lui demanda-t-il d'un ton sec.

— Oui, mon oncle, répondit le jeune homme en contenant la mauvaise humeur que lui causait la perspective d'un interrogatoire à subir.

— Et vous êtes avec elle ! Le petit Boisgontier me l'avait dit ; mais je ne voulais pas le croire. Vous êtes un fou, Édouard ! Vous allez manquer un mariage superbe, et pour qui ? Pour une vieille femme.

Le sensible Mornac éprouva une crispation nerveuse, comme si on lui eût promené sur la poitrine un fer rouge.

— Pour une vieille femme ! répéta le petit vieillard, en accentuant impitoyablement chaque syllabe ; n'a-t-elle pas quinze ans de plus que vous ?

— Mon oncle...

— Oh parbleu ! fâchez-vous si bon vous semble. J'ai aimé les femmes plus que vous ne les aimerez de votre vie ; mais jamais en enfant, ainsi que vous le faites. Il est temps que ces niaiseries romanesques finissent. Une entrevue est convenue entre vous et mademoiselle de Passerot ; manquer de parole serait une impertinence sans excuse. Vous a'lez entrer au balcon avec le commandant ; vous verrez que votre future est une fort jolie personne. Allons, quittez cet air lamentable qui ne vous va pas : il s'agit d'être beau et de plaire.

— Mon oncle, dit Édouard en affermissant sa voix, je suis venu avec madame de Flamareil, et il m'est impossible de la quitter ainsi : vous comprenez que l'usage du monde...

— Ta, ta, ta, répondit monsieur de Pomenars, nous allons arranger cela. Commandant, continua-t-il en se rapprochant de Garnier, je vais encore abuser de votre complaisance. Ayez la bonté de faire un tour dans le foyer ; avant deux minutes je vous aurai renvoyé cet étourdi.

Malgré les velléités de révolte qu'annonçait la physionomie de son neveu, le vieillard lui reprit le bras et le força de s'acheminer avec lui vers l'escalier descendant aux baignoires.

— Je vais te remplacer dans la loge de madame de Flamareil, lui dit-il d'un ton radouci ; il est fort naturel que tu me cèdes tes fonctions de cavalier servant lorsque je les réclame ; en cela tu ne fais que remplir ton devoir de neveu complaisant et respectueux ; ainsi, ta belle dame n'aura rien à dire. D'ailleurs, ta stalle est directement au-dessus de sa loge, elle ne pourra donc pas te voir. Joue ton rôle avec aisance et simplicité ; regarde ta future de manière à ne pas l'embarrasser ; deux coups d'œil doivent suffire à un homme pour juger une femme. Ne te tiens pas trop raide, c'est ton défaut ; ne bats pas la mesure sur le balcon, et tâche de ne pas te tortiller les cheveux à chaque instant. Tu es aujourd'hui tout-à-fait à ton avantage ; ton habit te va fort bien, tu as un gilet magnifique et l'air véritablement gentilhomme. Courage, mon garçon, la petite Passerot aura trente mille livres de rente et je t'en assure vingt sur le contrat ; cela vaut bien le sacrifice d'un roman suranné.

Édouard avait écouté ce sermon improvisé avec une résignation qu'on eût pu prendre pour un consentement tacite, et il continuait de suivre son oncle sans trop se débattre, lorsqu'une jeune fille, qui traversa le corridor, les mains pleines de fleurs ainsi qu'une divinité mythologique, lui fit éprouver un assez singulier remords.

— J'étais sorti de la loge, dit-il à monsieur de Pomenars, afin d'acheter des bouquets pour ces dames...

— Eh bien ! prenons des bouquets. T'ai-je jamais empêché d'être galant ?

Le petit vieillard s'approcha de la Flore du Théâtre-Italien, lui frappa légèrement le menton, en accompagnant ce geste anacréontique d'une des phrases à quadruple entente que se permettent volontiers les sexagénaires, et dont les bouquetières ne rougissent pas, choisit les plus belles fleurs, puis, après avoir essayé une pirouette, reprit le bras de son neveu. Tous deux descendirent l'escalier.

— C'est qu'il y a deux places vacantes dans la baignoire, dit le jeune homme, qui, depuis qu'il avait vu mademoiselle de Passerot, flottait en d'étranges irrésolutions, cherchant à concilier les égards dus à une femme aimée et le secret désir de ne pas rompre inconsidérément un mariage dont il reconnaissait les avantages.

— Ah ! diantre ! j'aurais besoin d'un second, répondit monsieur de Pomenars en comprenant l'embarras de son neveu. Il faut que ton absence paraisse forcée et non volontaire ; c'est juste : on ne doit jamais blesser l'amour-propre d'une femme. Parbleu ! je tiens notre homme.

Ils n'étaient plus qu'à quelques pas de la loge. Contre la porte, le nez collé à l'œil-de-bœuf, ainsi qu'Édouard l'avait pratiqué deux étages plus haut un moment auparavant, se tenait l'adolescent que les hommes d'un âge mûr appelaient encore le petit Boisgontier, et qui, en réalité, eût fait un très joli grenadier, moustaches à part. Monsieur de Pomenars glissa silencieusement jusqu'à lui sur le tapis du corridor, et lui frappa l'épaule d'un air familier.

— Eh bien ! jeune homme, dit-il, que faisons-nous là ?

Boisgontier se retourna vivement, et balbutia, en rougissant, une réponse inintelligible.

— Il ne faut pas rougir pour cela, monsieur Léon, reprit le sexagénaire ; les jolies femmes sont faites pour être regardées : seulement, vous avez tort de vous en tenir à la contemplation ; à votre âge et avec votre figure, on est sûr d'être bien accueilli, tandis qu'au contraire, s'arrêter à la porte, c'est le moyen d'y rester. Pourquoi n'entrez-vous pas ?

— Je n'ai pas l'honneur de connaître beaucoup madame de Flamareil, répondit le petit jeune homme en jetant un regard fauve sur Édouard.

— Bah ! je vous ai vu au bal chez elle. Venez, je serai votre introducteur.

Sans attendre la réponse, le malin vieillard fit un signe à l'ouvreuse, et quand l'accès du sanctuaire fut libre, il y entra le premier, ses deux bouquets à la main. Au bruit de la porte, madame de Flamareil s'était retournée précipitamment, et son amant put juger, à l'expression de sa figure, de l'effet qu'avait produit sur elle l'escapade qu'il s'était permise.

— Madame, dit monsieur de Pomenars avec l'aisance imperturbable d'un diplomate de salon, permettez-moi de disputer à mon neveu la faveur dont il jouit, et d'user du privilége de mon âge en lui empruntant sa place. Pour compenser cette substitution, voici monsieur de Boisgontier, que j'ai pris la liberté de vous amener ; j'espère qu'à nous deux nous réussirons à faire la monnaie de l'heureux Édouard.

A ces mots, accompagnés d'un sourire respectueusement ironique, le vieillard offrit un des bouquets à madame de Flamareil, l'autre à l'Anglaise à la parure excentrique, poussa sur un des siéges vacans le jeune Boisgontier tout rougissant de son bonheur, s'assit sur l'autre, et ferma la porte au nez de son neveu, qui se trouva ainsi maître de ses actions, sans trop savoir s'il était content ou fâché de sa liberté.

— Voilà ce petit blanc-bec de Boisgontier qui va se croire en bonne fortune, se dit celui-ci au bout d'un instant. Bah ! mon oncle a peut-être raison. Allons retrouver Garnier et poser devant mademoiselle Loïde ; après tout, cela ne m'engage à rien.

III.

Mornac rejoignit le commandant, qui se promenait patiemment dans le foyer, et, sans nouveau débat, tous deux entrèrent au balcon. Leur apparition tardive causa dans la loge où elle était attendue un mouvement de curiosité comprimé par le décorum. Madame de Passerot, qui s'était penchée pour parler à sa fille, se redressa aussitôt, en jouant la plus superbe insouciance, et conserva pendant le reste de la représentation le maintien d'une impératrice de sous-préfecture, tandis que, fidèle à son immobilité de statue, mademoiselle Loïde continuait de fixer les yeux sur le théâtre avec une attention trop exclusive pour ne pas être un peu affectée. S'il n'eût pas appris à ses dépens quelle observation incisive et scrutatrice les femmes savent cacher sous les dehors de la distraction ou de l'indifférence, Édouard eût pu se croire entièrement inaperçu ; mais la jalouse sollicitude de madame de Flamareil l'avait initié dès longtemps à ces subtiles dissimulations diplomatiques : il demeura donc fermement persuadé, un peu de vanité aidant, que pas une boucle de ses cheveux, pas un bouton de son habit, pas une fleur de son gilet, n'échappaient en ce moment à un examen aussi scrupuleux que celui d'un capitaine inspectant sa compagnie ; à cette idée, il sentit sa contenance s'empeser comme la cravate blanche qu'il avait arborée pour cette occasion solennelle.

— Je dois avoir la grâce d'un conscrit sous les armes, se dit-il, non pas sans quelque dépit ; mon oncle est vraiment délicieux avec ses conseils. Je voudrais le voir à ma place sous le feu de cette batterie matrimoniale. J'ai l'air, j'en suis sûr, aussi niais que ce jouvencel de Boisgontier quand il regarde Eudoxie. Cela est assez désagréable; car enfin, parce que je veux rester fidèle à mon amour et ne pas me marier, ce n'est pas une raison pour paraître ridicule aux yeux de cette petite pensionnaire.

Tandis que Mornac, luttant contre l'influence d'une situation qui donne aux hommes les moins timides un air gauche et emprunté, cherchait à se décuirasser dans son habit, son voisin s'abandonnait à une préoccupation à peu près semblable; seulement, la roue de paon que le premier essayait pour une seule loge, le second l'étalait pour la salle tout entière Garnier était un de ces Lovelaces de garnison qui croient aux irrésistibles séductions de l'épaulette; transporté à Paris, des avant-postes d'Alger où il faisait le coup de sabre avec les Kabyles quelques semaines auparavant, il avait pris au sérieux l'allégorie de Mars désarmé par Vénus, et tout en négociant le mariage de sa cousine, il méditait pour son propre compte une conquête aristocratique destinée à charmer les loisirs de ses trois mois de congé. Une duchesse faisait son ambition; mais la duchesse étant rare, il avait résolu de se contenter d'une marquise. Au milieu du balcon du Théâtre-Italien, le Mars des chasseurs d'Afrique avait donc pris position carrément, comme un pacha sur le divan de son harem; ses yeux, habitués à dépister d'une demi-lieue le burnous d'un Bédouin, se promenaient audacieusement de loge en loge, cherchant, des baignoires à l'amphithéâtre, la Vénus qui devait couronner de myrtes son front brûlé par le soleil de la Mitidja. A chaque découverte qui lui semblait d'heureux augure, il relevait héroïquement ses moustaches, souriait avec une volupté martiale, donnait à sa prunelle une expression fascinatrice et s'élargissait outre mesure les épaules par le rengorgement de son buste athlétique. Au bout d'une demi-heure de ce manége, le galant officier fut obligé de reconnaître que les grâces de sa personne ou de sa pose étaient autant de frais perdus, de perles méconnues, et que pas un seul lorgnon féminin n'avait le bon goût de s'enquérir du magnifique militaire si triomphalement assis au balcon.

— Il n'y a pas une seule jolie femme dans toute la salle, dit-il alors à Mornac en faisant mine d'étouffer un bâillement, et il s'enfonça dans sa stalle, dédaigneux comme le renard qui trouvait les raisins trop verts.

Le reste de la représentation s'écoula sans nouvel incident. La chute du rideau, impatiemment attendue par tous les acteurs de cette scène fastidieuse qu'on appelle entrevue de mariage, charma surtout le commandant, qui, en fait de musique, ne goûtait que les trompettes de son escadron, et dont l'amour-propre n'avait pas trouvé la compensation qu'il espérait.

— Ouaaaaah! dit-il à son voisin, en parodiant malhonnêtement une gamme chromatique, vous venez de me faire faire une corvée dont je me souviendrai. C'est demain dimanche, j'irai à la salle Chantereine; c'est là qu'on trouve des femmes aimables et plus jolies que toutes vos bégueules; mais en ce moment il faut que je fasse mon métier de négociateur. Vous avez eu le temps de prendre le signalement de ma cousine; eh bien! comment la trouvez-vous?

— Mon cher commandant, répondit le jeune homme, la position dans laquelle je me trouve ne me rend pas aveugle; mademoiselle de Passerot est une charmante personne, aussi bien de toutes manières que puisse le désirer un mari.

— A merveille; maintenant il s'agit de voir si vous aurez produit le même effet. Je vais accompagner ces dames qui demeurent, comme vous savez, à l'hôtel des Princes, rue Richelieu; c'est à deux pas d'ici. Nous avons à causer ensemble; ainsi, allez fumer un cigarre dans le passage de l'Opéra; avant vingt minutes je suis à vous.

Mornac laissa passer l'officier, puis à travers la foule élégante qui encombrait les corridors, il se glissa secrètement sur ses pas, poussé par un sentiment de curiosité facile à comprendre. Masquée jusqu'à la ceinture par l'appui de la loge où elle était assise, mademoiselle Loïde ne s'était montrée à lui qu'en buste; cette idée le préoccupait autant que s'il eût pris complétement au sérieux son rôle de futur.

— Pourquoi, se disait-il, madame de Passerot qui est une

dévote n'a-t-elle pas voulu que l'entrevue ait lieu à la messe ou bien dans une promenade, ce qui m'eût convenu, car on m'accorde une tournure assez distinguée! Pour encager ainsi sa fille jusqu'au menton, elle doit avoir ses raisons. La petite jouirait-elle de quelque défectuosité qu'on cherche à dissimuler le plus longtemps possible dans l'espoir que sa jolie figure me fera passer sur le reste? Un moment! je ne me soucie pas d'un lit de fer dans mon ménage. Eudoxie a une taille si noble et si droite! pauvre chère Eudoxie! oh! toi seule au monde!.... Avant de chercher à savoir si le ramage de cette jeune provinciale répond à son plumage, il serait bon de m'assurer que le plumage lui-même ne cache pas quelque vilaine patte de paon. Il m'a semblé que son cou n'était pas attaché à ses épaules d'une manière fort logique.

Tout en ruminant, le jeune homme s'était placé sous le péristyle, au milieu des groupes qui, à la sortie du Théâtre-Italien, forment, sur le passage des femmes, une haie plus épineuse que fleurie, à laquelle les blanches brebis elles-mêmes n'échappent pas toujours sans y laisser quelques-uns de ces flocons dont s'empare la médisance aristocratique pour en tisser sa chronique de chaque jour. Sourd aux propos plus ou moins irrévérencieux de ses voisins, Mornac ne tarda pas à voir poindre au retour de l'escalier mademoiselle de Passerot, marchant à côté de sa mère, qui s'appuyait elle-même sur le bras de son neveu; il put alors se convaincre que celle qu'on lui destinait en mariage possédait une taille en harmonie avec sa figure, et que le fût de la colonne était digne du chapiteau.

— Vrai Normande, pur sang! se dit-il, sans trop se rendre compte de sa satisfaction intérieure; droite comme un peuplier, et fraîche comme une pêche. Mon oncle a raison: ce serait une magnifique bouture à greffer sur la souche des Mornac.

De plus en plus alléché par cet examen, le jeune homme se disposait à sortir du péristyle, à la suite de mademoiselle de Passerot, afin de la voir monter en voiture, lorsqu'une main saisit furtivement la sienne, tandis qu'une voix vibrante quoique contenue jetait à son oreille ce seul mot :

— Ingrat!

Édouard se sentit troublé dans l'âme, comme un voleur pris en flagrant délit; avant qu'il eût fait un seul mouvement, la main qu'il avait reconnue pour l'avoir pressée bien des fois sur ses lèvres s'échappa de l'étreinte dans laquelle il cherchait à la retenir; exalté par ce refus, comme il arrive d'ordinaire, il se retourna vivement: Eudoxie avait passé; au lieu des longs yeux bleus dont il s'apprêtait à désarmer le courroux, il rencontra les prunelles verdâtres de monsieur de Pomenars, qui lui disaient aussi tyranniquement qu'un regard d'oncle peut le faire :

— Va-t'en.

Madame de Flamareil continuait de marcher sans tourner la tête, entraînant par une sorte de saccade nerveuse le sournois vieillard qui s'était emparé de son bras et constitué son gardien en dépit d'elle-même: derrière eux s'empressait Léon de Boisgontier, à qui, véritable bonne fortune de lycéen, était échue mistriss Lawington, caparaçonnée, par-dessus ses autres atours, d'une palatine dont les fourrures simulaient le pelage d'un zèbre. Le débutant se dédommageait de sa corvée en caressant du regard les blanches épaules de la dame dont il rêvait les couleurs, et il était tellement perdu dans cette contemplation, qu'au passage il n'aperçut pas celui qu'il détestait de toute l'aversion qu'inspire un rival préféré.

— Comme le petit bonhomme prend feu! se dit Edouard, qui, tout en courant deux lièvres à la fois, n'était pas d'humeur à permettre qu'on vînt chasser sur ses terres; au lieu d'être jalouse comme une Italienne et de venir me crier dans l'oreille des mots de mélodrame, il me semble qu'elle pourrait fort bien se débarrasser de cet adolescent qui finira par lui donner un ridicule.

Entre la jeune fille et la femme encore jeune dont son esprit était presque également occupé, Mornac, qui, par une complication assez fréquente parmi les hommes de vingt-cinq ans, se trouvait en même temps chevalier d'amour et poursuivant de mariage, resta plongé dans une irrésolution à laquelle mit fin le départ successif des deux voitures où étaient montées d'une part la famille des Passerot, de l'autre la mélancolique Eudoxie, toujours escortée de son chaperon d'outre-Manche, de l'énamouré Boisgontier, et du sexagénaire dont la cravate à l'incroyable ne cachait qu'à demi le malicieux sourire. Édouard alors se dirigea tout pensif vers le passage de l'Opéra, et pendant la demi-heure qu'il y passa en attendant Garnier, trois idées assez disparates se partagèrent ses réflexions. D'abord, une scène de reproches, de larmes, peut-être même d'évanouissement que lui ménageait, selon toute apparence, madame de Flamareil, dont il connaissait l'irritabilité nerveuse et la despotique jalousie ; en second lieu une paire de soufflets qu'il se promettait d'octroyer au petit Boisgontier à la première occasion favorable ; enfin, la jambe de Diane chasseresse que lui avait révélée le marche-pied de la berline où mademoiselle Loïde s'était élancée avec une étourderie de campagnarde.

Cette méditation à trois parties, à chaque instant enchevêtrées comme les fils d'un peloton, fut interrompue par le commandant, qui s'avançait d'un pas rapide, en porteur de bonnes nouvelles.

— Mon cher, dit ce dernier, il fait beau ; prenons des cigares et allons sur le boulevard, où nous serons plus libres pour notre colloque ; il s'agit de traiter la matière à fond.

Les cigares allumés, Garnier prit le bras de celui qu'il regardait déjà comme son cousin ; ils sortirent du passage et tournèrent à droite ; arrivés devant Tortoni, l'officier de chasseurs entama la discussion.

— Sachez d'abord, dit-il, que j'ai réparé votre petite équipée au moyen d'un duel, qui vous a retenu jusqu'à neuf heures, et dans lequel je vous ai fait jouer un rôle héroïque. Feu noblement essuyé, et coup tiré en l'air de la manière la plus magnanime ! Les femmes aiment assez les bretteurs, ma tante surtout, qui avait pour mari le plus grand poltron de toute la Normandie. Elle a donc pris l'historiette le mieux du monde, et une fois rassurée sur le chapitre de sa dignité compromise, elle s'est déridée à vue d'œil. Décidément, vous avez fait sa conquête ; ce qui n'est pas peu de chose.— M. de Mornac a tout-à-fait l'air d'un homme comme il faut, m'a-t-elle dit à l'oreille ; et cela veut tout dire, car le *comme il faut* est son dada de prédilection : elle a refusé dix partis, parce qu'ils avaient l'air bourgeois, selon elle. Quant à Loïde, elle ne sonnait mot comme vous pensez bien ; mais l'avis de sa mère est toujours le sien, et d'ailleurs vous aurez le temps de lui faire votre cour. Bref, l'entrevue a été favorable, vous avez plu. Je joue cartes sur table, n'est-il pas vrai ? Maintenant c'est à vous de décider s'il vous convient d'aller en avant et de charger votre oncle de la demande officielle.

— Mon cher commandant, répondit Édouard, la bonne grâce et la loyauté que vous apportez dans cette affaire captivent toute ma confiance et m'obligent à une franchise égale à la vôtre. J'abats donc aussi mon jeu. Je n'ai pas besoin, je pense, de vous assurer de ma respectueuse estime pour votre famille, ni de vous dire que je regarderai toujours comme un honneur une alliance avec elle ; mais je dois vous expliquer ma position personnelle, afin que vous n'interprétiez pas défavorablement l'hésitation que vous avez pu remarquer en moi. Je n'ai pas de fortune ; ainsi je suis entièrement dans la dépendance de mon oncle ; il veut que je me marie, et il m'a déclaré que si dans trois mois j'étais encore garçon, il se remarierait lui-même ; ce qu'il ferait ainsi qu'il l'a dit, j'en suis parfaitement convaincu. Or, mon oncle a soixante-cinq ans, âge auquel on a toujours des enfans, comme vous savez. Donc, il faut que je me marie ; sinon je m'expose à devenir, peut-être avant un an, le parrain d'un cousin ou d'une cousine qui m'enlèverait net quarante-cinq mille livres de rente dont je suis en ce moment l'héritier présomptif. D'un autre côté, je vous le répète, je n'imagine pas un mariage plus avantageux et plus honorable que celui dont il est question aujourd'hui. Et cependant, au lieu de l'empressement que vous êtes en droit d'attendre de moi, vous me voyez plongé dans une mer d'irrésolutions, de perplexités, d'inquiétudes de plus en plus pénibles et cruelles.

— L'histoire de votre princesse des Italiens ! dit le commandant.

— De grâce, mon cher Garnier, comprenez ma position, et ne blessez pas, même par une plaisanterie à vos yeux inoffensive, un sentiment sérieux pour moi, trop sérieux sans doute si je songe à mon avenir. Cette personne à qui vous faites allusion, je l'aime depuis plus de cinq ans ; je lui suis attaché par tendresse, par reconnaissance, peut-être aussi par habitude, enfin par tous les liens que peut créer une intimité sans interruption et sans partage. Rompre cette chaîne, car j'en conviens c'est une chaîne, répudier ce passé si plein de souvenirs, dire un éternel adieu à cet amour dans lequel j'ai mis mon âme tout entière, depuis que je suis un homme, c'est là un sacrifice qui m'effraie. En y songeant, je doute de mon courage ; je crains pour moi, mais je crains pour elle davantage. Elle m'aime, Garnier, elle m'aime ; mon mariage serait un coup de poignard qui la tuerait peut-être.

— Bah! fit l'officier de chasseurs, en poussant vers le ciel une énorme bouffée de tabac, comme un marsouin souffle par ses évents l'eau salée.

— Ne pensez pas qu'une ridicule fatuité me fasse parler ainsi, reprit Édouard avec chaleur ; puissé-je me tromper ! Mais je connais trop ce cœur dévoué, cette langueur maladive, cette âme enthousiaste, cette femme enfin, non moins fière que sensible, et qui, blessée par moi, ne se plaindrait point, mais....

— Mourrait, n'est-il pas vrai ? interrompit Garnier. Vous êtes jeune, mon cher ; mais croyez-moi, tranquillisez-vous. — Les femmes se rendent et ne meurent pas.

A cette impertinente parodie du mot attribué à Cambronne, Édouard jeta son cigare par un geste dédaigneux auquel le prosaïque officier ne fit pas attention.

— Commandant, dit-il ensuite d'un ton légèrement ironique, je m'aperçois que nous ne nous comprenons pas. Je conçois du reste que vos conquêtes de garnison vous aient peu disposé à apprécier ce qu'il peut y avoir de noble, de passionné, de sublime dans l'âme de quelques femmes d'élite.

— Mes conquêtes de garnison ! qu'entendez-vous par là ! s'écria l'officier piqué à son tour ; depuis quinze ans que je suis au service, sachez que j'ai connu vingt dames, je dis dames, plus jolies et plus aimables que toutes vos pies-grièches de ce soir. Que diantre ! discutons sans personnalité. Nous traitons de votre mariage, auquel je m'intéresse fort, et voilà qu'à propos d'une ancienne passion, vous vous envolez jusqu'au septième ciel ; ne dois-je pas, en homme raisonnable, vous ramener à terre, rétablir la question dans ses termes véritables, et la résoudre par le calcul des probabilités ? Or, je vous soutiens que sur cent mille femmes, pas une ne périt d'amour. Voyez-vous, mon cher Mornac, ces métaphores là sont connues. Nous autres nous leur disons : Si vous ne m'aimez pas, je me tuerai ; plus tard elles nous disent : Si vous ne m'aimez plus, j'en mourrai. A la fin, tant tués que mortes, on n'enterre personne. Je vous parle comme tout homme de sens le ferait à ma place, continua Garnier en changeant subitement d'intonation ; je vous le répète, il y a cent mille à parier contre un que vos craintes sont chimériques. Après cela ne vous figurez pas que je sois un soudard sans âme, comme vous paraissez le croire ; si, au lieu de vous tenir le langage de la raison commune, j'interrogeais mes souvenirs et ma propre expérience, peut-être serais-je de votre avis ; mais on ne doit jamais prendre l'exception pour règle.

— Comment, dit Édouard intrigué par ces paroles, avez-vous donc éprouvé dans votre vie quelque sentiment sérieux qui démente la philosophie incrédule que vous affectiez tout-à-l'heure ?

— Peut-être, répondit le chef d'escadron en jetant à son tour son cigare, et il laissa passer entre ses longues moustaches un de ces soupirs péniblement bruyans, qu'exhalent les cœurs depuis longtemps rouillés.

— Confidence pour confidence, reprit Mornac, qui, passé le premier moment d'humeur, désirait rester en paix avec son interlocuteur.

IV.

L'officier secoua la tête d'un air mélancolique, étrangement dépaysé sur sa figure pleine et colorée.

— C'est une histoire à laquelle je pense le moins possible et dont je ne parle à personne, dit il enfin ; mais je ne refuse pas de vous la raconter, car, à vous entendre, on dirait que je n'aie jamais connu que les vivandières de mon régiment, et cependant j'ai éprouvé dans ma vie une passion d'un numéro egal au moins à celui de la vôtre. Il y a une dizaine d'années de cela ; j'étais alors lieutenant au 7ᵉ chasseurs, en garnison à Lyon. Lyon est une sotte ville, comme vous savez peut-être, et la société de Bellecourt, qui avait accueilli quelques-uns de nous, est bien la collection de salons la plus insipide où l'officier puisse perdre son argent à la bouillotte contre de vieilles femmes. Pour moi, qui aime à m'amuser, je commençais à en avoir assez ; ça me fatiguait d'être plumé tous les soirs par des contemporaines du roi Louis XV, et j'étais décidé à chercher fortune dans le petit commerce où il y a des minois soignés, lorsqu'un jour, au milieu d'un de ces salons de Bellecour, avec lesquels je voulais divorcer, j'aperçus une femme que je n'avais pas encore rencontrée dans le monde. Une femme ! un ange ! mon cher ami. Grande et faite à peindre, des épaules magnifiques, des yeux bleus dont le regard vous caressait le cœur comme avec un gant de velours, des cheveux blonds....

— Elle était blonde ! interrompit Édouard ; je l'aime déjà.

— La vôtre est blonde aussi ? Ce n'est pas qu'en général je préfère cette couleur ; il y a des brunes furieusement séduisantes ; mais cette fois-là, toutes les Andalouses et toutes les Africaines eussent été obligées de baisser pavillon. Je ne peux pas vous décrire ce que j'éprouvai ; ce ne fut qu'un frisson depuis la plante des pieds jusqu'à la racine des cheveux. J'étais assis à une table d'écarté, où je jouais une centaine de francs, je crois, quand ce diable de regard langoureux s'arrêta sur moi. J'avais ri jusqu'alors de ce qu'on appelle au collége les flèches de Cupidon ; mais en ce moment, je me convainquis de la justesse de l'allégorie, en me sentant percé de part en part comme par un trait d'arbalète. J'écartai stupidement un ou deux atouts, et sourd aux criailleries de la galerie, je me levai pour suivre cette sirène qui venait de passer dans un autre salon.

Je n'ai pas besoin, mon cher Mornac, de vous raconter en détail les progrès et les incidens de ma passion ; ces folies-là se ressemblent toutes ; vous verriez qu'à vingt-cinq ans je n'étais pas plus raisonnable que vous ne l'êtes aujourd'hui. Qu'il vous suffise de savoir que j'étais amoureux comme un lion : depuis ma sortie de Saint-Cyr, je n'avais rien éprouvé de pareil ; Élise demeurait...

— Elise ! c'est un des noms de la femme que j'aime, dit Édouard avec une sorte de componction.

— Un joli nom, n'est-ce pas ? C'était l'été ; Élise habitait une campagne à quelques lieues de Lyon, tandis que son mari était retenu à la ville par la place qu'il occupait à la tête d'une des administrations. Je fus bientôt au courant et je commençai sans retard une des vies les plus enragées que puisse mener un amoureux. Dix lieues à franc étrier presque tous les jours ! Et notez qu'il ne fallait pas flâner en route, car le colonel ne plaisantait guère, et je n'avais point envie de me faire mettre aux arrêts. J'ai crevé deux chevaux dans cette campagne, sans compter que je n'arrivais pas toujours à temps au quartier, et que, devant passer adjudant-major, je me vis souffler ma nomination sous prétexte de négligence dans le service. Mais j'avais la cervelle à l'envers, et je me moquais de la double épaulette comme de mon sabre de l'école militaire. D'ailleurs quelle agréable indemnité ! ce que je perdais en avancement d'un côté, ma belle blonde me le rendait de l'autre ; il est vrai que chaque grade me causa un tourment d'enfer ; je mis sept mois à gagner mon bâton de maréchal de France. Mais songez que c'était une femme du grand monde, spirituelle comme un démon, fière comme un

chapitre d'Allemagne, et allant tous les jours à la messe ; une véritable duchesse.

A me voir aujourd'hui, Mornac, vous ne devineriez jamais quel Céladon j'étais alors ; cette femme m'avait fait subir une métamorphose dont je reste stupéfait quand j'y songe. Moi, qui ne pouvais pas regarder une écritoire sans avoir la migraine, je lui improvisais des lettres de douze pages à calciner un rocher. Vous avez lu la *Nouvelle Héloïse* ; eh bien ! ma parole d'honneur, c'est de la neige fondue à côté de mon style de ce temps-là. Et puis, réforme complète dans mes habitudes. Plus de café, plus de billard, plus de cigare. A la pension, mes camarades, qui n'y comprenaient rien, m'appelaient mademoiselle Garnier ; mais tout m'était égal pourvu qu'Élise fût contente ; elle avait quelques années de plus que moi, et cela lui donnait une sorte d'autorité dont elle aimait à faire usage ; elle m'imposait ses goûts, ses volontés, quelquefois ses caprices ; tout me plaisait. Elle était jalouse, j'aimais jusqu'à sa jalousie.

— C'est cependant un défaut qui cause bien des ennuis, observa Mornac, en se rappelant les épreuves auxquelles le soumettait journellement madame de Flamareil.

— Oui ; mais ça flatte. Le mari ne pouvait presque jamais quitter Lyon ; il n'y avait pas de voisins de campagne, et, en y mettant de la prudence, nous jouissions d'une certaine liberté. Quand je n'étais pas obligé de rentrer pour mon service, je restais fort tard, quelquefois tout-à-fait. La maison était près de la Saône : le soir, nous nous promenions en bateau, surtout quand il faisait de la lune. Élise aimait beaucoup le clair de lune, et moi j'y prenais diantrement goût aussi. Elle était si jolie, assise au gouvernail, avec sa gentille capote de paille et son cachemire bleu que je vois encore ! Élise n'avait que des cachemires. Quand j'étais fatigué de ramer, je déclamais les *Méditations* de Lamartine, qu'elle me faisait apprendre par cœur ; oui, mon cher, les *Méditations* de Lamartine. Vous vous figurez que je n'ai pas été romantique tout comme un autre. Je crois que si elle l'avait voulu, j'aurais fait des vers. Ah ! c'étaient là des momens qu'on n'oublie pas ; non, sacredieu ! on ne les oublie pas.

Le commandant Garnier se tordit la moustache à plusieurs reprises, et garda, pendant quelques secondes, un silence d'attendrissement respecté par son compagnon.

— Tout doit finir dans le monde, reprit-il ensuite d'un ton mélancolique : il y avait cinq mois à peine que durait mon bonheur, lorsqu'une catastrophe inattendue le vint détruire. Un matin, j'étais dans ma chambre, précisément occupé à écrire une de ces épîtres brûlantes dont je vous parlais tout-à-l'heure ; on frappe, la porte s'ouvre, et je vois entrer un homme de quarante ans, droit, sec, poli, sérieux. Je vous l'avouerai, j'eus peur. C'était le mari, et j'aurais mieux aimé recevoir la visite d'un loup affamé. De charitables amis lui avaient appris ma liaison avec sa femme : il savait tout, et venait me proposer, le plus honnêtement du monde, d'aller me couper la gorge. Je fis d'abord des difficultés, car mes principes sur cette matière sont bien arrêtés : tromper un époux, tant qu'on voudra ; le tuer, merci ! Pourtant, il n'y eut pas moyen de refuser : il exigeait une réparation, et j'étais dans mon tort. Nous prîmes donc chacun un témoin, et nous fûmes nous battre dans un petit chemin creux, derrière Fourvières. J'ai été prévôt de salle à Saint-Cyr, et je me croyais sûr de mon fait ; je m'étais juré de ne pas le tuer, je voulais simplement le désarmer, ou, tout au plus, le blesser légèrement au bras, pour le mettre hors de combat. Après quelques passes, j'engage donc solidement en quarte, en cherchant à lier son fer, que je comptais faire sauter à dix pas d'un revers de poignet. Pstt ! voilà cette chienne d'épée, que je croyais bien tenir, qui se dégage, et frétille comme une anguille autour de la mienne ; une, deux ; feinte de seconde : puis, quand je la cherche en tierce, un second dégagement, auquel je ne vois que du feu, et une botte qui m'arrive à fond ; oh ! mais à fond : six pouces de fer dans le côté, rien que cela. Avant d'avoir pu me rendre compte du coup, je me trouvai par terre, étendu comme un mouton qu'on vient de saigner. Mon diable d'homme, toujours avec le plus beau sang-froid du monde, me dit que nous aurions le plaisir de recommencer dès que je serais guéri ; puis il me tourna les talons après m'avoir salué fort poliment.

Je restai six semaines dans mon lit, blasphémant le ciel et la terre, sans nouvelles d'Élise, à qui je ne pouvais pas écrire. Je savais seulement qu'elle était tombée malade le lendemain du duel, et que son mari l'avait ramenée à Lyon. Enfin, j'entrai en convalescence ; ma première visite fut pour mon colonel, à qui j'avais été recommandé par un de mes oncles, et qui me témoignait de l'intérêt.

— Garnier, me dit-il dès qu'il m'aperçut, je suis bien aise de vous voir sur pied. Vous ne faites plus partie du septième ; vous passez au régiment de chasseurs qui va en Morée, et vous partez demain pour rejoindre votre corps à Toulon. Pas d'observations ; il y aura là-bas des coups de sabre à donner, ça doit vous aller ; c'est une bonne occasion de regagner la double épaulette que vous avez manquée ici par votre faute. Vous ne pouvez pas rester à Lyon. Votre aventure a fait trop de bruit. On est bégueule à Bellecourt ; je sais qu'on y a déjà parlé dans plusieurs salons du danger de recevoir des militaires ; votre séjour ici ferait du tort à vos camarades ; et pour moi je n'ai pas envie qu'on mette mon corps d'officiers en interdit. Ainsi donc, soyez en route demain à sept heures, et jusque-là pas de folie sentimentale ; là-bas, faites honneur au septième et revenez-nous capitaine.

Il n'y avait pas le plus petit mot à répondre, car quand le colonel avait commandé : en avant ! il fallait partir du pied gauche, comme disent les fantassins. A moitié fou, j'allai chez Élise. Son mari était sorti heureusement, et je pus entrer. Ah ! mon cher Mornac, quelle scène ! je vivrais mille ans que ce tableau ne sortirait jamais de ma mémoire. Figurez-vous une femme étendue sur un divan, pâle, amaigrie, brisée ; plus changée par le chagrin que moi par six semaines de souffrances ; et des soupirs, des étreintes, des sanglots, des désespoirs à briser le cœur quand je lui appris mon départ.

— Mon Théodule, me disait-elle en m'étouffant dans ses bras, c'est ma raison ou ma vie que tu emportes, car si je ne meurs pas, j'en deviendrai folle.

Ce fut en effet une mourante que je laissai lorsque j'eus le courage de m'arracher à cette scène cruelle. Sans voix et sans connaissance, elle n'entendit pas mon dernier adieu, elle ne sentit pas mes derniers baisers. Il n'y avait plus d'âme dans ce corps, et quand la porte se ferma sur moi, il sembla que c'était le couvercle de sa bière dont j'entendais le bruit.

Il y a dix ans de cela, Mornac, reprit le commandant après une seconde pause causée par son émotion ; et je crois vous parler d'hier. Ces dix années, je les ai passées presque tout entières hors de France, en Morée, à Alger, partout où il y avait des coups à donner et à recevoir, ce souvenir est un ver rongeur qui ne m'a jamais quitté.

Entraînés par l'intérêt de leur conversation, les deux amis étaient arrivés à la Madeleine. Le commandant Garnier, dont le ver rongeur avait respecté l'embonpoint, marcheur assez mauvais d'ailleurs, en sa qualité d'officier de cavalerie, s'arrêta un peu essoufflé, et, levant les yeux au ciel, comme par réminiscence de l'âge d'or où il avait su par cœur les *Méditations* de Lamartine :

— Je veux vous avouer un dernier enfantillage, dit-il avec un sourire timide, destiné à désarmer la raillerie. Levez la tête. Voyez-vous cette étoile au-dessus du fronton, à gauche de la Grande-Ourse ?

— Eh bien ?

— C'est la nôtre, celle qu'Élise, dont l'imagination était fort exaltée, avait choisie pour emblème de notre amour. Vous ne me croirez peut-être pas. Eh bien ! en Grèce, en Afrique, où les nuits sont presque toujours sereines, il m'est arrivé bien des fois de passer des heures entières à contempler cette étoile. Et maintenant encore, au bout de dix ans, je ne puis pas la regarder sans éprouver l'envie de pleurer comme un enfant.

Édouard écouta cette sentimentale confidence plus sérieusement qu'on n'eût pu l'attendre d'un jeune homme de vingt-cinq ans, portant des moustaches, des gants jaunes, un lorgnon dans la poche de son gilet, et sortant des Italiens.

— C'est une douce superstition, chère à toutes les âmes tendres, dit-il, le nez en l'air à son tour. Mon cher Garnier, ne rougissez donc pas d'un noble sentiment, parce que son exaltation ne saurait être comprise du vulgaire. J'ai aussi mon étoile, moi.

— Toi ! répondit le commandant, heureux d'échapper à la moquerie qu'il redoutait. Et où êtes-vous logé là-haut ? sommes-nous voisins ?

— Là, au couchant, cette belle étoile isolée, plus loin que la flèche des Invalides. Ce qu'il y a de bizarre, c'est que j'avais envie de votre étoile à vous ; mais ma maitresse n'en voulut pas, et choisit celle-ci.

— Avouez que les femmes ont des idées diantrement gentilles lorsqu'elles aiment, dit Garnier d'un air attendri.

— Cette étrange coïncidence accroît encore l'intérêt que votre récit m'inspire ! répondit Mornac, qui, depuis qu'il avait découvert dans le gros commandant un frère en souffrance amoureuse, s'affermissait dans ses sentimens de fidélité, et se livrait plus résolument à la pente élégiaque de la conversation. — Ainsi, elles ont le même cœur noble et enthousiaste.

— *Elles ont !* interrompit l'officier de chasseurs avec un accent douloureux ; je donnerais ma croix et mon épaulette de chef d'escadron pour pouvoir dire comme vous. Mais, quand je songe à ma pauvre Élise, j'ai raison de regarder là-haut notre étoile ; car sur la terre...

— Elle est morte ?

— Elle doit l'être, j'en ai la triste persuasion. Privé de ses nouvelles pendant longtemps, je n'osai plus chercher à en avoir à mon retour en France. Un de ces pressentimens qui ne trompent pas me disait que je ne la verrais plus. Jamais son nom n'est sorti de ma bouche devant les personnes qui auraient pu me parler d'elle, tant je craignais de voir mes craintes confirmées ; je n'ai pas remis les pieds à Lyon, et j'ai préféré le doute du malheur à sa certitude. Depuis dix ans, j'ai aimé d'autres femmes, et des plus distinguées, ajouta Garnier du ton imposant dont Rui Gomez dénombrait à Charles-Quint ses portraits de famille ; mais aucune autant que celle-là. On ne trouve une Élise qu'une fois.

Involontairement, Mornac jeta sur son compagnon ce regard oblique, par lequel les jeunes gens se déprécient mutuellement comme le font les femmes entre elles. La conclusion de l'examen fut que le commandant Garnier était bien gros, bien rougeaud, bien florissant, et de tournure bien martialement bourgeoise, pour qu'une femme du monde se fût ainsi laissée aller de vie à trépas, par le seul fait de son absence.

— Et vous pensez que cette dame n'a pu survivre à votre départ ? dit le jeune homme, en passant subitement de la sympathie au persiflage, car il avait sur le cœur plusieurs paroles échappées à son interlocuteur, au commencement de la conversation.

L'officier s'arrêta et roula de gros yeux, comme un taureau qui reçoit au flanc le dard d'un picador.

— Vous prétendez bien, vous, que votre mariage donnerait le coup de la mort à votre princesse ? dit-il en faisant sonner sa voix de basse.

— Je suis logique dans mes sentimens ; mais vous, n'avez-vous pas dit que les femmes ne meurent pas ?

— Il y a femme et femme ! dit Garnier d'un ton sec.

— Comme il y a homme et homme ! pensa Mornac, en faisant entre son compagnon et lui-même une comparaison dont le résultat fut que si l'un d'eux pouvait nourrir la prétention de mettre une maîtresse au tombeau, c'était à coup sûr l'élégant Parisien et non le gros dandy à graine d'épinards.

— Avec tous ces bavardages, reprit le commandant, dont l'attendrissement avait été subitement glacé par l'air railleur d'Édouard, nous avons fait une étape et nous sommes tout-à-fait sortis de la question. Permettez-moi d'y revenir ; nous avons changé de rôle, car j'ai pris l'initiative, et c'était à vous de le faire. Je vous ai dit que ma tante paraissait bien disposée en votre faveur ; à votre tour quelles sont vos intentions ?

— Mon cher commandant, répondit Mornac, qui sentit se

réveiller à cette question toutes les irrésolutions de son caractère; en ce moment je sais si peu moi-même ce que je veux... je redoute tellement les suites d'une détermination précipitée... c'est une chose si grave qu'un mariage... Mon oncle m'accorde trois mois pour me décider; pensez-vous qu'un pareil délai?...

— Je vous accorde, pour tout délai, vingt-quatre heures, répondit Garnier du ton d'un général assiégeant qui impose une capitulation ; car, depuis le sourire moqueur que s'était permis Édouard, il tenait beaucoup moins à l'avoir pour cousin. Vous devriez penser que ma famille n'est pas faite pour attendre pendant trois mois le bon plaisir de qui que ce soit. Ma tante s'est mariée à dix-huit ans, et elle a décidé que sa fille se marierait à dix-huit ans; si ce n'est pas avec vous ce sera avec un autre. Faute d'un moine l'abbaye ne chôme pas. Nous dînons demain ensemble chez monsieur de Pomenars; au dessert vous me ferez part de votre résolution définitive.

— Soit, à demain, répondit Mornac, empressé de souscrire à cet arrangement qui laissait un jour de plus à son indécision.

— Il est minuit et demi, reprit l'officier. Voici la rue de la Paix : c'est votre chemin; bonne nuit, mon cher.

A ces mots, il prit, sans la serrer très cordialement, la main que lui offrait son compagnon, et s'éloigna d'un pas belliqueux.

— Voyez donc ce beau-fils, se disait-il en faisant sonner ses éperons sur les dalles du trottoir; ne se figure-t-il pas qu'on va mourir pour ses beaux yeux; je gagerais que son infante est une vieille femme.

— Le chasseur d'Afrique est adorable avec ses allures de lord Byron, pensait Édouard au même instant; quel mangeur de cœurs, s'il faut l'en croire! C'est dommage qu'il soit un peu gras pour jouer le rôle de vampire. Cette duchesse de Lyon qu'il a tuée est, je le parierais, quelque marchande de mode qui se porte à merveille.

Et les deux hommes s'allèrent coucher, chacun de son côté, mais non pas sans avoir contemplé une dernière fois, Mornac, l'astre d'Eudoxie qui brillait au couchant comme une étincelle jaillie de la flèche d'or des Invalides; et le commandant Garnier, l'étoile de la défunte Élise, voisine éternelle de la Grande-Ourse.

V.

Le lendemain matin, monsieur de Pomenars et son neveu déjeunaient en tête à tête, le vieillard avec un appétit de jeune homme, le jeune homme avec ce dédain des jouissances animales qu'inspirent les soucis d'une passion contrariée. Lorsque le domestique fut sorti, après avoir servi le thé, le sexagénaire, qui jusqu'alors avait gardé le silence, comme par égard pour la tristesse de Mornac, remplit la tasse de celui-ci, la sucra lui-même, et la lui présentant avec une prévenance assez insolite d'oncle à neveu:

— Mon ami, lui dit-il d'un air gracieux, je suis très content de toi. Il paraît qu'hier tu as fait des merveilles sans le vouloir; notre agent diplomatique, madame de Lordes, m'écrit ce matin que ton maintien et ta figure ont également eu le plus grand succès. Quant à ton esprit, qu'on est, à ce qu'elle me dit, impatient d'apprécier, je ne suis pas inquiet; je sais que tu es aimable quand tu veux l'être. Tu vois donc que tout va pour le mieux, et que le succès dépend de toi seul. Ce soir, nous terminerons les préliminaires avec le gros commandant; je tâcherai de couler à fond la question financière; en cas de discussion, j'aurai meilleur marché de lui que de la belle-mère, que je crois quelque peu rapace, comme le sont du reste toutes les belles-mères; et demain, sans plus de retard, j'irai demander à madame de Passerot la permission de te présenter à elle.

— Ainsi, mon oncle, vous tenez toujours à ce mariage, répondit le jeune homme d'une voix dolente et en repoussant la tasse de thé, comme si elle eût été l'emblème du calice conjugal.

— Hein ? fit monsieur de Pomenars, dont les vertes prunelles s'allumèrent soudain.

— Vous m'aviez donné trois mois pour réfléchir, reprit Édouard.

— Propos de peureux; trois mois où trois jours, qu'importe, puisqu'il faut finir par sauter le fossé?

— Mais, mon oncle, vous oubliez qu'il ne s'agit pas de moi seul. En supposant que je vous obéisse, puis-je le faire avant d'avoir préparé à l'idée d'une rupture une personne digne d'égard, et que je n'offenserais pas sans me rendre coupable d'ingratitude ; une personne dont je vous ai entendu faire l'éloge souvent. Car enfin, vous n'avez pas toujours cherché à me séparer d'elle, permettez-moi de vous le dire. Dans le commencement, j'ai pu interpréter votre silence comme une approbation et non comme un blâme. Il y a plus, rappelez-vous le bal du ministre de l'intérieur, en 1830. « Édouard, me dites-vous, au moment où je venais de valser avec elle, si j'avais vingt ans, et que je voulusse avoir une passion dans le monde, je n'aimerais pas une autre femme que madame de Flamareil. » Eh bien! mon oncle, j'avais vingt ans, moi; ce que vous pensiez, je l'ai fait. Et maintenant vous abusez de votre autorité pour me faire rompre, avec une précipitation cruelle, une liaison qui, après tout, est votre ouvrage : sans vous je n'aurais jamais été admis dans son salon.

— Vous m'accorderez du moins, répondit monsieur de Pomenars avec un sourire moqueur, que je ne vous ai introduit que jusqu'au salon. Si, depuis, vous avez obtenu vos entrées dans les petits appartemens, cela ne me regarde plus. Édouard, est-ce sérieusement que vous parlez? Vous avez vingt-cinq ans; vous êtes dans le monde depuis long-temps, et vous n'avez pas honte de tenir en ce moment un langage d'écolier! Écoutez-moi, je vous prie, et dites ensuite si je ne me suis pas conduit dans toute cette affaire comme s'il se fût agi de mon propre fils. Il y a six ans, lorsqu'après la mort de votre mère, je vous appelai à Paris, vous arrivâtes un beau matin de Toulouse, gauche, dégingandé, ne sachant ni entrer, ni sortir, ni vous asseoir ; exhalant, en revanche, par tous les pores, en vrai légiste de province, une abominable odeur de cigare, et parlant gascon à faire frissonner les roseaux de la Garonne. Je ne vous le cache pas : vous me fîtes peur. Vous étiez trop jeune pour vous marier, et la révolution de juillet, qui survint, vous ferma la carrière des places. Je n'avais donc qu'une seule chose à désirer pour vous, c'était votre métamorphose en homme. Civiliser l'ours mal appris que vous étiez alors, était une bonne œuvre à laquelle une femme seule pouvait prendre goût et s'appliquer avec succès. Aussi, dès que j'eus deviné les dispositions charitables de madame de Flamareil, je m'en réjouis dans votre intérêt. Vous prêcher un sermon eût été le fait d'un anachorète ou d'un chartreux; et, à mon âge, j'ai le malheur de n'être encore qu'un homme du monde. Je ne suis donc aucun obstacle à une liaison dans laquelle je voyais pour vous beaucoup d'avantages et peu d'inconvéniens. Madame de Flamareil m'offrait, par sa position sociale, par la distinction de son esprit et de ses manières, par la maturité de son âge... Ne renversez pas la théière; je conviendrai, si vous voulez, que c'est une maturité pleine de fraîcheur, de grâce, de séductions, et que vous êtes un heureux coquin. Madame de Flamareil m'offrait, dis-je, toutes les garanties que l'on doit exiger de l'instituteur à qui l'on confie son enfant. Une femme plus jeune qu'elle vous eût fait faire beaucoup de folies, peut-être sans bénéfice; une plus vieille vous eût rendu ridicule; avec une bourgeoise, vous auriez perdu les traditions de la bonne compagnie; enfin, avec ces...—Comment dirai-je?... avec ces courtisanes dont je vois plusieurs de vos amis si ridiculement occupés, vous auriez escompté ma succession chez des juifs; autant d'écueils dangereux pour un jeune homme, dont vous êtes sorti sain et sauf, grâce à Dieu, et je dois dire aussi, grâce à elle! Oui, certes, Édouard vous devez de la reconnaissance à cette femme, car c'est elle qui a fait de vous ce que vous êtes aujourd'hui, un homme assez rare par le temps qui court, un homme bien élevé et que je puis avouer pour mon neveu. Par attachement, peut-être par prudence, elle ne vous a inspiré que des goûts simples et modérés quoique élégans. Son intelligence exquise de tout ce qui convient à son âge...— ne froncez pas le sourcil.... a été pour vous, et par conséquent pour moi, une source d'économies, dont vous ne vous doutez peut-être pas. Forcée de renoncer à la danse, ne montant plus à cheval, ne jouant pas encore, elle vous a interdit insensiblement le bal, les chevaux, le jeu, en un mot tous les plaisirs dont elle ne pouvait pas prendre sa part ; et, quel qu'ait été son motif, tendresse ou calcul, je lui en suis fort reconnaissant. Depuis cinq ans, je n'ai qu'à me louer de votre conduite. Vos six mille francs de pension vous ont suffi ; je ne connais pas un de vos fournisseurs ; enfin, vous n'avez pas cherché à me faire jouer une seule fois le rôle ridicule d'oncle de comédie ; et, en cela, vous avez agi fort prudemment. Aimez-la donc, vous le devez ; et je serais le premier à blâmer votre ingratitude. Oui, vous avez contracté une dette envers elle.—Mais, à votre âge, poursuivit monsieur de Pomenars avec une ineffable raillerie, on acquitte facilement ces dettes-là ; les femmes sont de si indulgens créanciers pour ceux qui peuvent payer quelque chose comptant ! J'ai trop bonne opinion de vous pour croire que vous ayez manqué à cet engagement sacré. Soyez franc. Pour prix de votre éducation, dont elle a bien voulu se charger, vous faites son bonheur depuis cinq ans, n'est-il pas vrai ? Eh bien, il me semble que voilà un compte facile à liquider, et que, mutuellement, vous pouvez vous donner quittance.

Édouard assistait avec une résignation morne à cette dissection de son amour ; et chaque fois que le scalpel de l'ironique vieillard fouillait une fibre délicate, il serrait les dents, comme un patient qui craint de trahir par un cri sa souffrance. Le roué à cheveux gris prit le silence de son neveu pour un commencement de conversion, et continua son opération en versant sur chaque plaie, en guise de baume, quelques gouttes de ce matérialisme élégamment impitoyable, par lequel les élèves du dix-huitième siècle flétrissent toutes les croyances du cœur.

— Vous craignez, dites-vous, les ennuis qui accompagnent une rupture. Eh ! qui vous parle de rupture ? Je ne vous comprends pas, vous autres jeunes gens ; vous apportez dans toutes vos liaisons quelque chose de cassant et de brutal. C'est votre littérature romantique qui vous fausse l'esprit. Il vous faut du mélodrame en amour ; de mon temps nous nous contentions de la comédie. C'était plus amusant et de meilleur goût. J'ai aimé plus d'une femme, je n'ai rompu avec aucune, et j'ai conservé pour amies toutes celles dont j'avais été l'adorateur. Voilà comme doit se conduire un galant homme. On ne rompt pas, on dénoue, sans froissement, sans irritation, sans brouille. On modifie les termes d'une intimité, d'après les exigences nouvelles qui se rencontrent à chaque pas dans la vie. Autrefois, hommes et femmes entendaient cela à merveille. Mon mariage, par exemple, a été arrangé par une personne qui me portait un intérêt aussi tendre que celui dont vous pouvez être aujourd'hui l'objet. Si madame de Flamareil vous aime réellement, loin de s'opposer au vôtre, elle doit en comprendre la nécessité et vous y engager la première.

— L'amour véritable est toujours égoïste, s'écria Mornac, fort peu convaincu par ce raisonnement.

—Comment ! reprit le vieillard d'un ton de supériorité presque méprisant, tu ne te sens pas de force à enlever son consentement par une argumentation paisible ! Si j'étais à ta place, mon garçon, je voudrais que ce fût elle qui vînt me dire : Marie-toi, et qui en cela crût me faire violence.

Le jeune homme secoua la tête sans répondre.

— Eh bien ! s'écria monsieur de Pomenars, à la fin irrité de semer dans une terre stérile le grain de son expérience, puisque vous ne savez pas mieux vivre l'un que l'autre, rrompez donc, pour Dieu ! et que cela finisse.

— Mais je n'ai aucun prétexte, répondit Mornac avec l'accent de détresse d'un homme près d'amener son pavillon.

Le sexagénaire se renversa sur son siége comme pour rire plus à l'aise, puis il regarda son neveu en affectant l'ébahissement qu'eût pu lui faire éprouver la vue de quelque mammouth antédiluvien.

— Un prétexte ! mon pauvre Édouard ; ah ! il te faut des prétextes ?...Tu me permets de rire, n'est-ce pas ? C'est qu'en vérité nos quinze ans d'autrefois étaient moins candides que vos vingt-cinq ans d'aujourd'hui... Écoute-moi ; tu vas aller chez elle, n'est-ce pas ? Eh bien, si elle a mis une robe blanche, voilà ton prétexte trouvé. Si la robe est bleue, autre prétexte ! si tu la trouves à son piano, prétexte ! si elle est gaie, prétexte ! si elle est triste, prétexte ! s'il y a des fleurs sur la cheminée, prétexte ! s'il n'y en a pas, prétexte ! Enfant que tu es, tout n'est-il pas prétexte pour qui en a besoin ? un ruban fané, une boucle de cheveux dérangée, une mouche qui vole ! Les duellistes qui ont envie d'une querelle savent fort bien se faire coudoyer ou marcher sur le pied. Un prétexte ! tu n'as donc jamais lu la fable du loup et de l'agneau ?

— C'est un rôle odieux que le rôle du loup, dit Édouard avec un soupir.

— Quelles fadaises sentimentales vas-tu encore me bêler ? s'écria monsieur de Pomenars en se levant par un mouvement de colère ; eh bien ! à la bonne heure, choisis le rôle de l'agneau ; c'est moi qui me charge de tondre ta laine. Écoute-moi bien : si ce soir tu n'as pas tout terminé avec ta déesse, si tu n'engages pas ta parole au commandant, tu peux être sûr de ne pas toucher une obole de ma succession. Non morbleu ! dussé-je épouser moi-même la petite Passerot, et lui assurer tout mon bien par contrat de mariage. Eh ! eh ! qui sait ?

Sans expliquer sa pensée, le vieillard sortit de la salle à manger, la tête haute et le jarret tendu plus encore que de coutume.

— Vieux despote ! se dit Édouard en se voyant seul, si je ne craignais que tes enfans !... mais la cour des aides...! Il faut en finir ; c'est avoir trop longtemps le poignard sous la gorge : ma fortune ou mon amour ! Voilà la question.

Mornac passa une partie de la matinée à débattre le pour et le contre de cette question qu'il venait de poser d'une manière si précise. Pour la millième fois, il prit la balance dans laquelle les caractères faibles pèsent leurs irrésolutions ; sur l'un des plateaux il mit la succession de son oncle et la dot de mademoiselle de Passerot qui, réunies, faisaient un total de près de quatre vingt mille livres de rente ; il plaça sur l'autre la reine de son cœur entourée des souvenirs et des espérances de leur amour, comme une Cérès mélancolique assise au milieu des gerbes d'un champ à demi moissonné. Pendant longtemps l'argent et la passion s'enlevèrent alternativement, comme faisaient jadis les destinées des Troyens et des Grecs, soupesées par la main du maître de l'Olympe ; à la fin le métal l'emporta, et le plateau d'Eudoxie, lancé presque aussi haut que son étoile, ne redescendit plus.

Il y a toujours dans l'accès de courage d'un poltron quelque chose de brutal, de cruel même et surtout de pressé. Une fois décidé à sacrifier l'amour à l'intérêt, Mornac voulut mettre à profit sa résolution et brûler ses vaisseaux afin de se fermer le chemin de la retraite. Il entra donc chez son oncle, lui fit part de sa soumission, qui désarma le courroux du vieillard ; puis il sortit pour aller jouer chez madame de Flamareil la dernière scène de ce drame à péripéties trop longtemps prolongées.

VI.

Pour les caractères faibles, exécuter une détermination est plus difficile encore que de la prendre. Malgré ses efforts pour s'échauffer la tête et se glacer le cœur, Édouard ne se sentait pas de force à pratiquer dans cette circonstance la rouerie transcendante dont monsieur de Pomenars venait de lui exposer la théorie toute pacifique. Il s'en tint donc au système de provocation querelleuse, ressource grossière des gens inhabiles ; et faute d'adresse pour dénouer le nœud gordien, il se promit d'imiter l'expédient d'Alexandre. Tout en cheminant de la rue Bellechasse aux boulevards, il essaya de justifier sa conduite à ses propres yeux. Mécontent de lui-même, il chercha des torts à Eudoxie, afin de pouvoir s'absoudre des siens ; il déprécia sa maîtresse pour s'enhardir à la frapper ; il lui fit payer alors l'adoration soumise et fidèle qu'il lui avait prodiguée pendant cinq années ; il fut pour elle injuste, cruel, ironique, impitoyable. Il flétrit l'une après l'autre des illusions jusqu'alors sacrées, comme on effeuille un bouquet après en avoir épuisé les parfums. Ces taches légères dont l'amour n'est pas plus exempt que le soleil, il les chercha, les étendit, les accrut, les noircit, en fit un masque qu'il appliqua sur la face de sa passion, et cette dérision accomplie, il rougit d'avoir aimé ce masque. Les croyances du cœur ressemblent aux grains d'un chapelet : qu'une seule se détache, les autres la suivent. Honteux d'abord de ses pensées, Édouard s'y livra bientôt avec une audace de plus en plus profanatrice. Les insultes qu'il n'eût souffertes de personne, il se les permit à lui-même. Dans son enivrement blasphémateur, aucune des qualités de madame de Flamareil ne trouva grâce devant lui, ni son esprit, ni l'élégance de ses manières, ni sa beauté si remarquable encore, ni le charme de sa conversation, ni la sincérité de son attachement ; il lui créa des défauts imaginaires, il inventa des mensonges ; enfin, dernier outrage, le plus sanglant de tous ! il ne contesta plus la vérité.

—Après tout, se dit-il, elle a quarante ans !

En se faisant pour la première fois cet aveu désenchanteur, en formulant nettement une pensée sous laquelle il se débattait naguère les yeux obstinément fermés, Mornac se sentit soulagé comme un homme qui, dans un rêve pénible, désarçonne son cauchemar. Il lui sembla que sa jeunesse, car lui était jeune, verdissait soudain par l'ascension d'une sève vivace trop longtemps comprimée ; l'existence régulière et monotone dont il devait l'habitude à la prudente tendresse d'Eudoxie, lui parut un déclin aussi prématuré qu'humiliant. —Ne pouvant se faire jeune, pensa-t-il, elle a voulu me vieillir. Il se promit, en brisant les chaînes de son servage, de dépouiller en même temps cette maturité factice et ridicule. En voyant passer sur le boulevard plusieurs jeunes gens qui se rendaient au bois, montés sur des chevaux de prix, il jura de les éclipser bientôt, acheta en imagination un coupé pour sa future, un tilbury pour lui-même, et songea aux moyens de se faire admettre au jockey-club. Plus loin, ayant rencontré une jeune femme qui lui avait adressé, quelques jours auparavant, une invitation de bal, il l'arrêta pour solliciter la promesse d'une contredanse ; se réintégrant ainsi par anticipation dans ces plaisirs frivoles, priviléges de son âge, dont, au dire de monsieur de Pomenars, la politique de la femme de quarante ans l'avait despotiquement sevré.

Mornac arriva sur le boulevard de la Madeleine, où demeurait madame de Flamareil, dans la disposition héroïque d'un soldat qui, sur le point de monter à l'assaut, s'est grisé d'eau-de-vie et de poudre à canon. A quelques pas de la maison où il allait entrer, il aperçut le jeune Boisgontier, qu'on eût pu prendre, de son côté, pour le factionnaire chargé de garder une forteresse, car il se promenait en long devant le logis, allant et venant d'un air grave, et, à chaque tour, lançant un regard enflammé aux fenêtres du second étage. A sa vue, Édouard éprouva une satisfaction féroce.

—Mon oncle, se dit-il, n'a pas le sens commun lorsqu'il prétend qu'une robe bleue ou blanche est un prétexte suffisant pour une rupture ; mais un rival dont les extravagances compromettent la femme qu'on aime, un rival sans doute autorisé à se conduire ainsi, par quelque trahison que j'ignore, c'est là un prétexte ! oui, c'est là un prétexte !

Mornac ne s'apercevait pas qu'il argumentait dans le genre du héros de la fable contre lequel il s'était si fort indigné quelques heures auparavant, et que, condamner une femme parce qu'un amoureux de vingt ans contemplait poétiquement les rideaux de sa chambre, était une aussi mauvaise action de la part d'un homme du monde, que pouvait l'être de la part d'un loup à jeun le fait de croquer un mouton. Chanteronnant, avec une affectation ironique, l'air de Chérubin des *Nozze di Figaro*, il passa devant son aspirant rival, lui jeta, du bout des doigts, un de ces saluts qui ont l'air de souffleter celui qui les reçoit, puis il entra majestueusement sous la porte cochère, tandis que le petit Boisgontier, rouge jusqu'aux oreilles, et serrant sa canne à la briser, se raidissait sur les pointes de ses bottes, comme se dresse sur ses er-

gots un jeune coq humilié par le sultan de la basse-cour.

Sur l'escalier, la superbe contenance d'Édouard se modifia subitement à la rencontre d'un homme d'une cinquantaine d'années, droit, sec, grave, vêtu de noir, décoré du ruban rouge, et portant dans les plus petits détails de son costume, dans les moindres linéamens de son visage ce cachet politico-administratif commun aux habitués des salons ministériels. Ce personnage répondit au salut empressé, quoiqu'un peu contraint, du visiteur, avec une politesse à laquelle un sourire ambigu donnait une indéfinissable expression d'amertume ou d'ironie.

—Madame de Flamareil est un peu souffrante, dit-il, et je crois qu'elle a fait fermer sa porte ; mais, sans doute, la consigne n'est pas pour vous.

Le jeune homme ne supporta pas sans embarras le coup d'œil qui servait de commentaire à ces paroles banales en apparence.

—Je venais de la part de mon oncle, répondit-il précipitamment ; il a reçu d'excellentes lettres de Périgueux : à l'heure qu'il est, votre élection paraît assurée.

A cette nouvelle, lancée à l'instar des gâteaux par lesquels Énée désarma la gueule de Cerbère, le mari se rangea contre la rampe de l'escalier, et livra passage.

—J'espère que vous déciderez madame de Flamareil à venir à la soirée de mistriss Lawington, reprit-il avec un sourire diplomatique ; pensez-vous que j'y verrai monsieur de Pomenars ?

—Certainement, et il sera enchanté de vous y rencontrer pour causer de votre élection.

A ces mots, les deux hommes se séparèrent, sans manquer à aucune des formalités de cette civilité hypocrite qui, dans le monde, couvre de son écorce les haines les plus vivaces, les rancunes les plus invétérées.

—Jésuite tricolore ? se dit Édouard, en achevant de monter l'escalier, si tu avais dans les veines quelques gouttes du sang de l'honnête mari qui a corrigé à Lyon ce gros fat de Garnier, il y a longtemps que tu m'aurais jeté par la fenêtre. Et, ma foi, j'aimerais mieux, à l'heure qu'il est, me trouver en face de la figure de parchemin dans quelque clairière du bois de Boulogne, que d'affronter la physionomie larmoyante qui m'attend là haut. Elle est malade, à ce qu'il paraît : sa migraine, sans doute, ou bien sa gastrite ! Quand ce n'est pas l'une, c'est l'autre. Elle va me faire subir un interrogatoire sur ma conduite d'hier ; mais qu'elle y prenne garde ! à la première bordée de jalousie, je riposte par le Boisgontier, et j'arbore le drapeau révolutionnaire.

La résolution de Mornac avait atteint, lorsqu'il sonna, son apogée d'exaltation ; mais dès que la porte fut ouverte, la décroissance commença. En suivant à travers l'antichambre et le salon le domestique chargé de l'annoncer, il laissa un lambeau de son courage à chaque meuble dont la vue éveillait dans son âme quelques-uns de ces souvenirs qui ne sont jamais plus puissans qu'aux jours de crise ou de catastrophe. Lorsque la dernière porte s'ouvrit, il se trouva dans la position d'un général qui, en arrivant devant l'ennemi, a déjà perdu, par la désertion ou les fatigues de la marche, la moitié de son armée.

La chambre où il fut introduit était un petit parloir orné dans le goût du moyen-âge, à la mode depuis quelques années. Les rideaux de l'unique fenêtre n'y laissaient pénétrer qu'un demi-jour, nuancé au passage d'une teinte rose dont les reflets adoucissaient la sévérité des meubles de Boule et de la tenture gris-sombre. Les fleurs étaient bannies, la sensibilité nerveuse d'Eudoxie n'en supportant pas les parfums. Leur absence, en laissant deviner sa cause, complétait le caractère mélancolique de cette chambre, dont l'aspect inspirait à la fois le recueillement et la sérénité. Involontairement on y parlait bas ; on y marchait d'un pas discret, comme on fait dans une chapelle ; on s'y sentait porté à une sorte de méditation contemplative et béate, voisine du mysticisme. La métamorphose de ce parloir en oratoire eût paru naturelle et facile ; de fait elle était commencée, car déjà un prie-Dieu y attendait la prière.

A côté de la cheminée, sur un grand fauteuil de forme gothique où plus d'une châtelaine avait sans doute pris place, madame de Flamareil était assise, le coude sur le genou, le front dans la main, tenant à demi ouvert un volume de *Jocelyn*, qu'elle ne lisait pas. Au bruit de la porte, elle tourna lentement la tête, et en entendant le domestique annoncer monsieur de Mornac, une rougeur légère colora son visage, qui d'abord avait paru à son amant plus pâle que de coutume. Édouard appela sur son front toute la cruauté qui commençait à sortir de son cœur, et s'avança, l'œil sombre, les sourcils froncés, du pas d'un tigre qui épie sa proie.

— Monsieur de Flamareil vient de m'apprendre que vous êtes malade, dit-il avec un accent glacial.

Malgré le langoureux assoupissement de son regard, Eudoxie avait percé le jeune homme à jour, pour ainsi dire; avec la rapidité d'intuition particulière aux femmes expérimentées, elle interpréta les plus fugitives expressions de cette physionomie qu'elle connaissait si bien; avant qu'Édouard eût cessé de parler, elle avait compris l'imminence d'un péril imprévu, inconnu, mais terrible; secouant alors comme par enchantement la torpeur triste et jalouse dans laquelle l'avait plongée la scène de la veille, elle fit, avec la promptitude de l'éclair, une espèce de branle-bas de combat; en une seconde elle fut prête, tandis que Mornac avait passé des jours et des nuits à méditer son ordre de bataille. Sachant qu'à l'opposé de l'homœopathie, l'amour doit employer les contraires, elle s'arma d'une amabilité improvisée capable d'émousser les traits qu'allait lui darder sans doute la farouche maussaderie de son amant. Ce fut donc en lui offrant la main, et en accompagnant ce geste du plus doux de tous les sourires, qu'elle répondit :

— Malade! vous êtes là, je ne le suis plus.

Édouard prit et laissa retomber aussitôt, sans la serrer ni la porter à ses lèvres, la main qui lui était si tendrement livrée.

— Monsieur de Boisgontier est aussi *là*, répondit-il d'une voix rauque.

Madame de Flamareil ouvrit de toute leur grandeur ses beaux yeux bleus, et resta pendant un instant plongée dans un ébahissement affecté, mais plein de grâce.

— Là! dit-elle, en secret charmée de la jalousie que semblait trahir la physionomie fauve de son amant.—Où? là!

Édouard étendit le bras vers la fenêtre par un geste de mélodrame.

— Devant la porte, répondit-il, où vous vous laissez compromettre par lui aux yeux de tous les passans.

— Aimeriez-vous mieux qu'il fût ici? demanda Eudoxie avec un sourire doucement ironique; — tenez, continua-t-elle, en prenant sur la cheminée une carte de visite où étaient gravés les noms et titres du comte Léon de Boisgontier; — il est venu tout-à-l'heure et je n'ai pas voulu le recevoir : en quoi suis-je coupable? puis-je empêcher cet enfant de se promener sur le boulevard?

— Après ses assiduités d'hier, vous deviez vous attendre à sa visite, et je m'étonne fort que vous ne l'ayez pas reçu, reprit Mornac, qui en voyant sa manifestation de jalousie menacée d'un échec complet, évoqua machiavéliquement le souvenir de la veille; il espérait trouver dans la rancune de madame de Flamareil le prétexte de querelle après lequel il courait : mais Eudoxie voulait la paix à tout prix, car l'âge de quarante ans est pour les femmes une époque de désarmement forcé; aussi n'eut-elle garde de donner prise aux hostilités par des récriminations inopportunes.

— Prenez-vous-en à votre oncle, dit-elle avec une sorte de câlinerie; — pensez-vous que je ne lui en veuille pas autant que vous du mauvais tour qu'il nous a joué? Vous le savez, depuis quelque temps il ne nous épargne guère et ne manque aucune occasion de nous séparer; mais jamais il ne m'a paru si odieusement méchant qu'hier au soir. La galanterie surannée dont il enjolive toutes ses noirceurs et la muette éloquence de ce petit monsieur qui vous rend si follement jaloux, m'avaient, à la fin, tellement impatientée, que ma migraine était inévitable pour aujourd'hui, et maintenant voici que vous me querellez au lieu de me plaindre! c'est mal, Édouard; allons, ne boudez plus, vous voyez que nous n'a-

vons tort ni l'un ni l'autre. Asseyez-vous là et soyez aimable. Si vous ne voulez pas me lire un chant de *Jocelyn*, parlez-moi bien doucement, bien gentiment; vous savez que j'aime vos paroles plus encore que les vers de Lamartine. D'ailleurs je suis réellement souffrante, et votre voix me fait du bien.

— C'est le diable qui s'en mêle, pensa Mornac : aujourd'hui elle ne veut pas se fâcher.—*Jocelyn!* s'écria-t-il d'un ton bourru, poésie de curé constitutionnel! J'aimerais autant les homélies de l'abbé Grégoire. J'ai de la sacristie sentimentale par-dessus les oreilles; je ne peux pas perdre ainsi ma jeunesse. Je vais acheter des chevaux!

— Ah! vous allez avoir des chevaux? répondit Eudoxie, en suivant chaque soubresaut de son interlocuteur avec l'anxiété vigilante du pêcheur qui craint de voir le poisson rompre le fil de la ligne.— Comment les choisirez-vous? baibruns, n'est-ce pas? c'est une belle couleur, élégante et sérieuse. Vous savez, peut-être, que monsieur de Flamareil veut changer ma voiture. Oh! je vais être tout-à-fait élégante et vous pourrez m'accompagner au bois sans rougir.

— Au bois certainement, et au bal aussi; ne suis-je pas votre chevalier? reprit le jeune homme, qui, à la vue du terrain qu'il perdait à chaque pas sentit la nécessité d'une charge décisive, et appela à son secours une ironie voisine de l'outrage. — N'allez-vous pas, au rout de madame d'Alvimare? Je viens de la rencontrer, et je lui ai demandé une contredanse. J'espère que vous m'en accorderez une aussi.

Malgré ses efforts pour se contraindre, madame de Flamareil sentit une larme sous sa paupière; elle baissa d'abord la tête pour la cacher; puis, épanchement involontaire d'un cœur blessé, ou calcul profond d'un esprit consommé qui utilise tout, même les souffrances, elle releva sur son amant ses yeux humides auxquels la tristesse prêtait une éloquence inexprimable.

— Édouard, dit-elle d'une voix brisée, que t'ai-je fait?

Cette question, Mornac venait de se l'adresser, car dans les âmes naturellement généreuses, le remords suit de près l'insulte. N'y trouvant pas de réponse, il se sentit navré, comme s'il eût commis un parricide. La réaction, qui jette toujours les caractères indécis à l'opposé de leurs résolutions, s'opéra subitement et sans résistance. Cette larme qu'il voyait briller dans les yeux d'Eudoxie, devint une mer qui submergea soudainement tous ses projets du matin. Il oublia la succession de son oncle et la dot de sa future; il n'aperçut plus que la femme qu'il avait aimée pendant cinq ans, qu'il aimait encore, qu'il aimerait toujours; il la vit belle, il la vit jeune, et, en songeant à la blessure qu'il venait de faire à cet ange, il ne trouva qu'un mot à lui répondre :

— Pardonne-moi!

Ce mot, il le dit à genoux; et madame de Flamareil pardonna, car la clémence est de la grâce toujours, de l'habileté souvent.

VII.

A six heures du soir, le commandant Garnier et monsieur de Pomenars attendaient dans le salon de celui-ci Mornac qui ne rentrait pas. Le vieillard fit servir le dîner à l'heure accoutumée, car il ne souffrait jamais aucune atteinte à sa dignité d'oncle. Le premier service se passa, le second de même, et enfin le dessert; Édouard ne revint pas plus que ne revient Malborough dans la romance. Au moment où monsieur de Pomenars s'apprêtait à quitter la table, furieux en secret de cette conduite qu'il ne savait comment justifier aux yeux de son hôte, un domestique lui remit une lettre dont il brisa brusquement le cachet.

— Commandant, s'écria-t-il après l'avoir lue, y a-t-il dans votre escadron de chasseurs d'Afrique une place pour un drôle que je renie et que je déshériterai? Si j'étais d'un tempérament sanguin, je croirais qu'il veut se débarrasser de moi en me causant une attaque d'apoplexie. Et l'on a démoli la Bastille! Tenez, lisez ce que ce morveux-là m'écrit.

Garnier prit la lettre que lui tendait le vieillard, dont la voix tremblait de colère, et lut à haute voix les lignes suivantes :

« Mon cher oncle,

» Il est dans la vie des destinées auxquelles doivent se soumettre les caractères les plus résolus ; permettez-moi de suivre la mienne. Quel que soit aujourd'hui votre mécontentement, plus tard, j'ose l'espérer, vous me pardonnerez d'avoir écouté les inspirations de mon cœur plutôt que les calculs d'une raison égoïste et glacée. Votre fortune est à vous, et vous pouvez en disposer sans qu'un seul murmure s'échappe de ma bouche ; mais votre amitié était à moi, de grâce ne me la retirez pas. Puissiez-vous, en échange du sacrifice qu'il m'est impossible d'accomplir, m'en imposer un autre qui me mette dans le cas de vous prouver mon respectueux attachement et mon inaltérable obéissance.

» ÉDOUARD. »

» P. S. Offrez, je vous prie, mes excuses et mes regrets au commandant, qui, s'il veut bien se rappeler la ville de Lyon, ne refusera pas de les agréer. »

— Que dites-vous de cela ? demanda monsieur de Pomenars quand son hôte eut achevé la lecture de cette sentimentale épître.

— Je dis que c'est un mariage rompu, répondit Garnier d'un ton dégagé ; cela se voit tous les jours.

— Comment trouvez-vous l'impudence de ce faiseur de phrases ? *ma fortune est à moi !*... Parbleu, je le lui prouverai ; *son inaltérable obéissance*... au moment même où il me désobéit ; et que veut-il dire avec cette ville de Lyon ?

— Rien ; c'est une vieille histoire dont nous parlions hier au soir, et qui n'a aucun rapport avec celle d'aujourd'hui. Ainsi donc, mon cher monsieur de Pomenars, ma cousine n'aura pas l'honneur d'être votre nièce ?

— Pensez-vous qu'elle consentirait à me dédommager en devenant ma femme ?

Le chef d'escadron regarda d'un air ébahi le petit vieillard, qui s'était levé subitement comme pour exhiber à son interlocuteur les grâces de sa personne, et lui faire ainsi apprécier les chances qu'il pouvait avoir pour toucher le cœur de mademoiselle de Passerot.

— Ma tante a des idées fort singulières, répondit-il au bout d'un instant en comprimant une violente envie de rire ;—elle avait sept ans de moins que son mari, elle désire qu'il y ait la même différence d'âge entre sa fille et son gendre ; sous ce rapport-là votre neveu, qui a précisément vingt-cinq ans, lui semblait un époux prédestiné pour Loïde.

— Eh bien ! fichtre ! il l'épousera ou j'y perdrai mon nom, s'écria monsieur de Pomenars en s'oubliant au point de donner un coup de poing sur la table. — C'est son Armide de quarante ans qui le retient dans ses chaînes ; mais je les briserai.

Il fit plusieurs tours dans la chambre d'un pas rapide, puis, illuminé par une idée soudaine :

— Commandant, reprit-il, êtes-vous un homme ?

— Je l'ai toujours cru, répondit Garnier avec un gros rire.

— J'entends par là, reprit le vieillard en jetant à son hôte le regard scrutateur d'un sergent qui prend le signalement d'une recrue,—j'entends un homme capable d'entreprendre la conquête d'une femme jeune encore, aimable, jolie, et de réussir dans un temps donné ; trois mois, quatre mois, je suppose ?

— Mon siége le plus long a duré sept mois, dit Garnier d'un air imposant ; mais c'était une femme à part.

— Celle-ci est une femme comme toutes les femmes ; elle ne veut pas être quittée par son amant ; mais ce n'est point une raison pour qu'elle ne le quitte pas.

— De quoi s'agit-il ? demanda l'officier, dont l'intelligence ne cheminait pas aussi vite que la pensée du sexagénaire.

— De rendre à ce fou d'Édouard le plus grand de tous les services ; un service que je ne vous demanderais certes pas si je n'avais que cinquante ans ; de lui enlever sa maîtresse, en un mot.

— Conclu ! s'écria Garnier en présentant cavalièrement sa large main, sur laquelle le vieillard ne posa qu'avec hésitation le bout de ses doigts, tant il craignait de voir se refermer sur eux cette espèce de patte de crabe.

— Bien ! reprit monsieur de Pomenars, voilà une assurance

qui me rajeunit. J'étais ainsi à votre âge. Danton avait ra son : de l'audace ! toujours de l'audace ! il n'y a que cela, en amour surtout. J'avais bien songé au petit Boisgontier, que vous connaissez peut-être ; mais c'est trop jeune ; cela rougit à chaque mot, cela se décontenance ; hier j'ai voulu le lancer, j'ai cru qu'il allait pleurer de tendresse ou se trouver mal. Tandis que vous, commandant, vous devez être un loup de mer ?

— Un peu ! dit le chef d'escadron en chiffonnant ses cheveux, tandis qu'il se rengorgeait comme pour s'élargir la poitrine, double tic auquel il se livrait volontiers lorsque sa vanité de lovelace se trouvait mise en jeu.

— Ainsi, je puis compter sur vous comme sur moi ? demanda l'oncle de Mornac.

— Un peu plus que sur ton squelette, Adonis du Père-Lachaise, pensa l'officier en laissant tomber sur le chétif vieillard un regard dont la compassion ne fut pas comprise de celui qui en était l'objet.—J'ai dit : conclu ! répéta-t-il ensuite, c'est comme si la chose était faite.

— Hum ! fit entre ses dents monsieur de Pomenars ; l'assurance est une belle chose, mais un peu de modestie ne gâterait rien. Ne dirait-on pas qu'il n'ait qu'à se présenter avec sa grosse prestance de carabinier pour triompher comme César ? Tous ces occiseurs en paroles, qui avant le combat embouchent la trompette, sont presque toujours les premiers à tourner le dos. Se figure-t-il par hasard qu'il s'agisse ici d'une actrice ou d'une grisette ?

Tandis que du fond de son large fauteuil, le vieillard examinait son hôte d'un regard aussi peu bienveillant que celui qu'il en avait reçu lui-même un moment auparavant, Garnier, debout devant la cheminée, étudiait dans la glace l'effet d'un certain sourire sur lequel il comptait, et relevait des deux côtés ses moustaches, afin de découvrir davantage ses dents blanches et bien rangées. En même temps, son imagination présomptueuse envahissait par anticipation la nouvelle province du royaume de Tendre, dont il espérait la conquête. Pour s'engager aussi résolument et sans plus de réflexion dans le complot tramé par monsieur de Pomenars contre son neveu, le chef d'escadron était poussé par un double motif, mobile de la plupart des actions humaines et que le poète a impitoyablement énoncé dans ce vers :

Son bien premièrement, et puis le mal d'autrui.

D'un côté, gardant rancune à Édouard à propos de leur conversation de la veille, il se trouvait entièrement dégagé envers lui des obligations courtoises qu'une confidence impose d'ordinaire, et se réjouissait à l'idée de lui donner une leçon ; d'autre part, le projet du vieillard déloyal s'accordait merveilleusement avec le plan de campagne anacréontique qu'il avait médité lui-même avant de rentrer en France. Pour se délasser des Bédouins, Garnier, comme nous l'avons dit, avait juré la capture d'une duchesse ou tout au moins d'une marquise, car en sa qualité de bourgeois il regardait l'écusson d'une femme avant sa figure. Sur le point de voir s'ouvrir la lice après laquelle il soupirait, sa fantaisie aristocratique s'éveilla dans toute son énergie, et la vaniteuse préoccupation de son esprit se trahit involontairement.

— J'espère que c'est une femme titrée ? dit-il à son hôte, en parodiant sans s'en douter la susceptibilité d'Alexandre, qui ne voulait descendre dans l'arène que pour y combattre des rois.

— Titrée ! repartit le vieillard d'un air railleur ; ah ! il vous faut des femmes titrées ! Sans doute vous avez peur de déroger ?

— Mais, répondit l'officier en se mordant les lèvres, si c'est mon idée ! Vous m'avez parlé de trois ou quatre mois ; je ne suis pas homme à perdre ainsi mon temps pour une modiste. Quand on a connu des femmes distinguées...

— Rassurez-vous, mon cher commandant ; je respecte trop vos scrupules aristocratiques pour vouloir vous encanailler, quoique entre nous le mot du marquis de Moncade ne me paraisse pas applicable en amour. A la vérité, la personne dont il s'agit n'est pas une femme titrée, mais soyez sûr qu'un succès auprès d'elle n'en est pas moins fort digne d'envie, et qu'il vous rendrait aussi glorieux qu'ont jamais pu le faire vos conquêtes de garnison.

— Qu'ont-ils tous à me jeter au nez mes conquêtes de garnison, se dit le commandant avec une humeur concentrée; il semble que ce céladon décrépit et son blanc-bec de neveu se soient donné le mot. Parbleu! si la discrétion n'était pas la première vertu d'un galant homme, je pourrais citer certaines de mes aventures de garnison qui leur feraient ouvrir les oreilles. Garnison! Ces Parisiens qui n'ont jamais perdu de vue le dôme des Invalides font pitié; ma parole d'honneur!

— Vous voilà bien rêveur, dit monsieur de Pomenars, en voyant que son hôte gardait le silence; — est-ce que vous hésitez?

— Non, parbleu! je tiens à vous prouver que la garnison n'est pas une trop mauvaise école. Ainsi donc, titrée ou non, puisque vous assurez que c'est une jolie femme, je suis prêt; et même, continua l'officier d'un ton léger, j'aime autant que ce soit une bourgeoise; cela me changera.

— Je n'ai pas dit que ce fût une bourgeoise, reprit le vieillard en riant intérieurement de la fatuité de son interlocuteur; son mari est un homme de condition, mais non titré.

— Bien! je n'en demande pas davantage; princesse ou bergère, maintenant ça m'est égal; l'essentiel pour moi est de vous montrer que mes conquêtes de garnison... suffit; quand entrons-nous en campagne?

— Aujourd'hui si vous voulez.

— Bravo! mais comment cela?

— L'Armide en question, reprit le petit vieillard, sera ce soir au bal de mistriss Lawington, une Anglaise que je connais, et à qui je puis vous présenter sans autre préambule. Allez vous habiller; à neuf heures et demie ma voiture sera à votre porte.

Deux heures après cette conversation, le salon de mistriss Lawington, où madame de Flamareil et son mari, ainsi qu'Édouard de Mornac, avaient pris place quelques instans auparavant, vit entrer les deux conjurés, monsieur de Pomenars, les yeux pétillans d'une noire malice, tandis que son menton s'enfonçait dans sa cravate plus sournoisement que de coutume; et le commandant Garnier, droit, raide, glorieux comme s'il se fût préparé à charger à la tête de son escadron les Arabes d'Abd-el-Kader.

VIII.

Au milieu de la cohue moitié britannique, moitié parisienne, qui encombrait l'appartement de mistriss Lawington, une des premières personnes qui se rencontrèrent sur le passage de monsieur de Pomenars et de son compagnon fut Édouard de Mornac. Saisi d'une panique soudaine, le jeune homme tenta une retraite que la cheminée contre laquelle il était appuyé, une table d'écarté à droite et un groupe de femmes à gauche rendirent impraticables. Se voyant dans la position d'un loup pris au piège, il attendit tête basse son oncle, qui venait droit à lui, mais dont les premières paroles le rassurèrent autant qu'elles le surprirent par leur mansuétude inespérée.

— Tu seras donc toute ta vie un enfant? lui dit le vieillard avec une sorte d'ironie indulgente. — Que signifie cette ridicule école buissonnière?

— Mon oncle...

— Tu ne veux pas te marier?... N'en parlons plus. Tu sais que ta détermination contrarie mes désirs et tu y persistes? Soit: tu es bien averti que tu le fais à tes risques et périls; mais cela n'était pas une raison pour nous fausser compagnie et retarder notre dîner d'une demi-heure...

— Croyez que je suis désolé... Commandant, j'espère que vous ne m'en voulez pas? répondit Édouard en offrant la main à Garnier, qui la serra traîtreusement après avoir jeté un regard d'intelligence à monsieur de Pomenars.

— Dans ton billet, tu me fais de fort belles phrases sur ton obéissance, reprit ce dernier; je vais la mettre à l'épreuve.

Tu sais qu'il y a une soirée chez madame de Marsenay; y manquer tous deux serait un procédé qu'elle ne nous pardonnerait pas; il faut que tu te dévoues, car je ne veux pas y aller. Je viens d'apercevoir ici d'Anteil, madame de Boigne, en un mot toute ma partie de whist, et je cède à la tentation. Ainsi donc, monsieur l'obstiné, prenez ma voiture, qui vous attend, et soyez aimable pour deux.

— J'y vais à l'instant, mon oncle, s'écria Mornac, qui, dans sa joie d'en être quitte à si bon marché, se serait mis en route pour Saint-Pétersbourg.

En ce moment, la figure sérieuse et blême d'un quatrième personnage s'avança par-dessus l'épaule de Garnier, en adressant à monsieur de Pomenars un de ces sourires obséquieux auxquels, au moins autant qu'à la souplesse de la colonne vertébrale, se reconnaît la race des solliciteurs. A cette intrusion qui menaçait de compromettre l'harmonie de sa coiffure, le chef d'escadron se retourna vivement et se trouva nez à nez avec monsieur de Flamareil. Les deux hommes se regardèrent un instant, et restèrent mutuellement fascinés; une légère contraction des lèvres, une teinte blafarde qui sembla décolorer encore sa pâleur habituelle trahirent seules l'émotion du mari d'Eudoxie; moins maître que lui de ses impressions, l'officier de chasseurs fit en arrière un mouvement si brusque, que le contre coup en fut senti à quelques pas de là dans la foule dont le groupe était entouré.

— Qu'avez-vous donc, commandant? demanda Mornac, qui avait été la première victime de ce soubresaut.

Garnier lui prit le bras sans répondre et l'emmena dans l'embrasure d'une fenêtre.

— Vous connaissez ce monsieur qui parle à votre oncle? lui dit-il d'une voix émue.

— C'est monsieur de Flamareil, répondit Édouard avec une indifférence affectée, un chef de division du ministère des finances. Il a envie d'être nommé député, et mon oncle l'appuie de son crédit auprès des électeurs de Périgueux. C'est un homme de mérite.

— Il... est... veuf?... reprit le commandant en articulant chaque syllabe comme si elle l'eût étranglé au passage.

— Veuf! Et pourquoi voulez-vous qu'il soit veuf? s'écria le jeune homme, presque troublé de cette idée.

— Il est donc remarié?

— Il n'a été marié qu'une fois dans sa vie.

— Ainsi, madame... de Flamareil... n'est pas morte? balbutia l'officier en s'appuyant contre la boiserie.

Préoccupé de sa position d'amant, Mornac crut que le commandant, mis au fait par monsieur de Pomenars, amenait la conversation sur ce chapitre délicat dans une intention de raillerie qu'il ne se sentit pas d'humeur à supporter.

— Je suis désolé de vous quitter, répondit-il d'un ton sec; mais vous savez qu'il faut que j'aille chez madame de Marsenay. A propos, avez-vous fait ce soir votre prière à l'étoile d'Élise?

Après cette petite vengeance, le jeune homme tourna sur les talons et disparut bientôt à travers la foule, en laissant son interlocuteur immobile dans l'embrasure de la fenêtre, comme un saint dans sa niche. Celui-ci ne sortit de cette espèce de pétrification qu'en entendant à la hauteur de son estomac la voix aigrelette de monsieur de Pomenars.

— Eh bien! que faites-vous là sous ces rideaux? lui demanda le vieillard; il y a un quart d'heure que je vous cherche. Édouard est-il parti?

— Parti, répéta Garnier d'un air distrait.

— Bien. Maintenant que nous sommes débarrassés de lui, ouvrons la tranchée. La dame de ses pensées, et des vôtres bientôt, est dans l'autre salon; elle donne une soirée jeudi, et je vais vous faire inviter. Quoiqu'elle me déteste cordialement en ma qualité d'oncle barbare, elle me ménage, et je suis sûr qu'elle sera enchantée de m'obliger. Eh bien! venez donc.

— Oui, allons! répondit le commandant avec véhémence; j'ai besoin de m'arracher à mes souvenirs.

— Des souvenirs! dit monsieur de Pomenars, c'est bon pour un vieillard comme moi; à votre âge, on doit regarder en avant, jamais en arrière. — Tenez, reprit-il lorsqu'ils furent arrivés dans l'autre salon, vous reconnaissez là, près du piano, le bonnet extravagant de mistriss Lawington, que vous venez de saluer tout-à-l'heure; eh bien ! voyez vous à sa droite cette femme en robe noire et en turban ?... Regardez, la voilà qui se retourne... Aïe ! vous me cassez le bras ! Prenez donc garde !

Le petit vieillard arracha son coude de l'étau dans lequel le broyait convulsivement la main de l'officier, et regardant celui-ci d'un air piteusement ébahi ·

— Tenez-vous beaucoup à me prouver que vous avez un poignet de fer? lui dit il; malheureusement, je ne puis pas en dire autant de mes os. Quelle frénésie soudaine ! Voilà ce qui s'appelle prendre feu à la première vue ! Est-ce d'Alger que vous avez rapporté ce tempérament africain?

— Vous dites que c'est là... la femme... dont votre neveu est amoureux? demanda Garnier d'une voix entrecoupée.

Et il se passa la main sur le front pour en essuyer la sueur soudaine.

— Elle-même, répondit monsieur de Pomenars qui continuait de se frotter le coude. Modérez vos transports, et attendez-moi là; je vais négocier votre présentation.

— Je me présenterai moi-même, dit ce dernier, dont la figure flamboyait comme une comète; et il traversa le salon d'un pas qui, sans le tapis, eût ébranlé le parquet.

Feuilletant avec nonchalance une partition ouverte sur le piano, madame de Flamareil ne le vit pas venir. Avant d'avoir reconnu l'homme qui se penchait vers elle comme pour la saluer, elle reçut à bout portant ces paroles, qu'un loup, au temps où les animaux parlaient, n'eût pas prononcées d'une façon plus carnassière :

— *Si je n'en meurs pas, j'en deviendrai folle !* Je vois avec plaisir que vous n'êtes ni folle, ni morte.

Eudoxie tressaillit, se retourna, et se renversa à demi sur le piano, comme si quelque choc invisible l'eût frappée. Dans ce mouvement, ses doigts, en s'accrochant aux touches du clavier, leur firent rendre une harmonie qu'il eût été fort difficile de noter, et qui se perdit heureusement au milieu du bruit du roût.

— Élise, vous ne m'attendiez pas ! reprit Garnier, du ton dont Othello dit : — Desdémone, avez-vous prié cette nuit ?

Un salon est pour une femme du monde ce qu'est pour un homme le terrain d'un duel : il faut vaincre ou mourir sur place. En face d'une apparition plus effrayante que celle d'un revenant, madame de Flamareil s'affermit sur ses genoux fléchissans, dompta l'émotion de son corsage, puis lançant tout autour d'elle un regard rapide, imprima sur ses traits dociles à une puissance de volonté presque magique, l'air calme et gracieux par lequel, dans un autre moment, elle eût accueilli les complimens d'un homme de sa société habituelle.

— Monsieur de Flamareil est ici, dit-elle d'une voix basse, mais distincte.

— Est-ce lui qui vous fait peur, ou monsieur de Mornac? répondit l'officier, en lui plongeant dans les yeux un regard furibond.

Eudoxie sentit une rougeur ardente s'étaler sur son pâle visage, et se pencha comme pour regarder son bracelet qu'elle feignit de fermer. Un moment après, lorsqu'elle releva la tête, son front était calme de nouveau, ses yeux et ses lèvres souriaient.

— Théodule, dit-elle avec un accent pénétrant, autrefois vous étiez un homme d'honneur !

Les deux anciens amans se contemplèrent un instant en silence, étudiant plus attentivement qu'ils ne l'avaient fait jusqu'alors les changemens opérés en eux par dix années de séparation. Quoi qu'on puisse dire de la précocité du déclin chez les femmes, madame de Flamareil sortit victorieuse de cet examen, et parut au commandant aussi belle qu'aux jours où elle s'appelait pour lui seul : Élise.

Une chose vraie, quoique peu remarquée jusqu'ici, c'est que les tempéramens tendres, les organisations sensibles trouvent des forces merveilleuses pour supporter les épreuves auxquelles les expose leur nature impressionnable. On dirait ue l'amour, malgré le bandeau dont l'a puérilement affublé

la mythologie, reconnaisse ses amis et les ménage tout en les torturant. Les souffrances du cœur enlaidissent presque toujours les êtres qui n'en ont pas l'habitude. Rien, par exemple, de ridicule ou de hideux comme un gros homme lymphatique dont les paupières bouffies et les prunelles larmoyantes trahissent la visite cruelle du dieu malin. Les femmes, au contraire, c'est-à-dire les femmes sentimentales, vivent dans les chagrins de l'amour comme dans une atmosphère naturelle, bénigne, et l'on pourrait le croire, nécessaire; elles se conservent dans leur mélancolie comme ces beaux fruits qui acquièrent une saveur nouvelle dans l'alcool, au lieu d'y brûler; elles pleurent de source, sans avoir les yeux rouges, et la larme suspendue à leur paupière semble seulement une perle de plus dans leur toilette; leur pâleur même, causée par l'insomnie, a un air de coquetterie, depuis que la pâleur est à la mode. Ces femmes-là sont très malheureuses, cependant; captivez leur confiance, si c'est possible, vous entendrez les récits les plus douloureux, qu'à leur vue vous n'auriez jamais soupçonnés; elles ont l'âme saignante mais le front sans rides; le cœur mort mais le visage plein de vie. Les peintres ont bien compris ce que nous voulons exprimer; à part Murillo, tous ceux qui ont peint la Madeleine, l'ont représentée bien attrayante encore pour tant de repentir!

Madame de Flamareil était donc restée belle en dépit des souffrances de son cœur, et le temps pour elle avait montré presque autant d'indulgence que l'amour. D'ailleurs, tout ce que le goût naturel et la science acquise peuvent inspirer de précautions conservatrices ou d'artifices réparateurs, était pratiqué par elle de manière à rendre plus imperceptible encore la trace de dix années aux doigts légers et bienveillans. D'ordinaire, les femmes achètent un diamant à chaque ride naissante et remplacent par une fleur le moindre cheveu qui tombe; Eudoxie n'avait pas attendu les mortifians conseils de l'âge déclinant; elle avait adopté le luxe comme fantaisie avant qu'il se fût imposé à elle comme nécessité. En la voyant dans ses grands jours, couverte de pierreries, chacun se disait qu'elle n'en avait pas besoin, et qu'une simple couronne de marguerites des champs eût suffi à sa coquetterie. Par un rare privilége, sa beauté, noble et douce à la fois, lui permettait également la magnificence et la simplicité; ce jour-là, par hasard, appartenait à la magnificence.

En face de cette rayonnante infidèle, le chef d'escadron sentit malgré sa colère un éblouissement involontaire. En revanche, l'impression qu'elle-même reçut fut fort différente. A la vue de la figure enflammée et du colossal embonpoint qui avaient remplacé la pâleur sentimentale et la tournure élancée de l'ancien lieutenant du septième chasseurs, elle se demanda par quelle indigne lâcheté de son cœur elle avait pu aimer cette manière de tambour-major. Le résultat de cette mutuelle comparaison fut instantané. En se sentant près de redevenir amoureux comme autrefois, Garnier éprouva un surcroît de fureur, en partie dirigée contre lui-même, tandis que la femme de quarante ans dissimula, sous un redoublement de douceur conciliante, la haine subite que lui inspirait la vue de son ancien adorateur.

— Mon bonheur ! répéta le chef d'escadron avec une amère ironie; autrefois vous me parliez du vôtre.

— Si j'ai perdu ce droit, est-ce à vous de m'en faire un crime? reprit Eudoxie en évoquant politiquement les souvenirs de sa première passion; mais un amant se laisse difficilement ramener au chemin qu'il a ouvert, lorsqu'il sait qu'un autre l'y a remplacé.

— Oh ! je me rappelle que vous êtes fort spirituelle, répondit le gros commandant d'un ton brusque; — si nous discutons, vous finirez par me prouver que deux et deux font six; permettez-moi de rentrer dans la question. Il ne s'agit pas ici de Lyon, mais de Paris. Voilà quatre ans que je n'y étais venu, à Paris, et je ne m'attendais pas au bonheur de vous y retrouver. Avouez que c'est une rencontre fort originale. Ah ! ah ! riez donc, madame; est-ce que cela ne vous paraît pas comme à moi, fort original ?

— Voulez-vous me perdre? dit madame de Flamareil d'une voix suppliante. Si vous m'avez jamais aimée, ne me parlez plus. Nous nous reverrons, et je vous expliquerai tout. Mais, de grâce, laissez-moi ! on nous regarde déjà.

Garnier hésita ; car cette voix, autrefois si puissante sur son cœur, y réveilla à chaque mot quelque écho depuis long-temps endormi ; mais bientôt il se reprocha sa faiblesse, et répondit avec toute la férocité qui peut être permise à un amant trahi :

— Pourquoi ne pas commencer l'explication tout de suite ? Et d'abord, dites-moi, je vous prie, pour quelle raison vous avez donné à ce séduisant monsieur de Mornac une étoile si éloignée de la mienne ? D'ordinaire, on cherche à rapprocher ses amis ; et vous nous avez logés, l'un à la Madeleine, l'autre aux Invalides. Est-ce crainte d'un duel dans le ciel ? Rassurez-vous ; mon étoile et moi sommes très pacifiques : je ne me bats plus pour les femmes. Et Lamartine ! aimez-vous toujours Lamartine ? Monsieur de Mornac m'a-t-il remplacé dans mes fonctions de lecteur comme dans tout le reste ?

L'officier eût pu continuer longtemps de la sorte sans être interrompu. Écrasée par cette tirade brutale, ne trouvant rien de prudent à répondre, n'osant plus regarder autour d'elle de peur de rencontrer des regards moqueurs, tentée de fuir mais retenue à sa place par la crainte d'un éclat, madame de Flamareil restait immobile en face de son impitoyable interrogateur, les dents serrées, les lèvres entr'ouvertes par un sourire où s'était réfugié tout son courage, les bras croisés sur la poitrine, comme si elle eût cherché à se raffermir le cœur par cette étreinte convulsive, et implorant du fond de l'âme quelque ange sauveur qui prît pitié d'elle.

Ce sauveur arriva ; ce ne fut pas un ange, ce fut son mari ; il ne vint point par pitié pour elle, mais par crainte du ridicule pour lui-même. Témoin depuis quelques instans de la torture infligée à sa femme, monsieur de Flamareil comprit qu'il était temps d'y mettre un terme ; il traversa le salon d'un air calme, salua le commandant avec une politesse héroïque, et, offrant le bras à Eudoxie, lui dit de la manière la plus naturelle :

— Votre voiture est là, voulez-vous que nous partions ?

Madame de Flamareil ne répondit rien, mais elle s'accrocha au bras de son mari avec l'énergie convulsive du malheureux qui se noie. En voyant sa proie lui échapper, Garnier se pencha vers elle et lui jeta pour adieu ces paroles :

— Monsieur de Mornac vous a-t-il fait part de son mariage avec ma cousine ?

A ce dernier coup, aussi foudroyant qu'inattendu, Eudoxie se sentit frappée d'un vertige ; elle serait tombée sans l'appui de son mari, et elle ne se ranima peu à peu qu'en respirant l'air froid auquel donnait accès la glace de la voiture qui l'emportait rapidement.

IX.

Dans le salon de mistriss Lawington une seule personne avait suivi avec curiosité les moindres détails de cette scène, c'était monsieur de Pomenars ; malgré son expérience du monde et la pénétration habituelle de son esprit, le vieillard ne put parvenir à se rendre compte de la conduite du commandant, tant elle lui parut inouïe et exorbitante.

— Quelle est cette manière bédouine de se présenter soi-même à une femme qu'on n'a jamais vue ? se dit-il dans sa stupéfaction profonde ; — de quel éléphant sauvage me suis-je fait le cornac ? tout-à-l'heure il me brise le bras à moitié, et maintenant il roule des yeux si féroces en lui parlant, qu'elle en perd contenance ; ne dirait-on pas qu'il s'apprête à l'emporter dans son antre pour la dévorer ? que diantre peut-il lui rugir ?

Ne pouvant résoudre lui-même cette question, le vieillard s'empressa de rejoindre Garnier, dès qu'il le vit seul :

— Gloire à vous, commandant ! lui dit-il d'un air émerveillé. Est-ce ainsi que vous menez les Arabes ?

— Plût à Dieu que j'eusse affaire à un Arabe, répondit l'officier en fermant énergiquement la main comme s'il eût serré la poignée de son sabre.

— J'avoue que je ne comprends pas, reprit monsieur de Pomenars en ouvrant de grands yeux.

Au lieu de répondre, le commandant étendit le bras et prit sur le plateau que lui présentait un domestique un verre de sirop, qu'il avala d'un trait. Ayant ainsi porté remède à un étranglement causé par la colère, il fut sur le point de faire au petit vieillard une confidence entière ; mais comment punir Eudoxie sans parler d'Elise, et sans accepter, par conséquent, le rôle d'amant oublié ? Garnier hésita un instant entre la crainte de se rendre ridicule et le besoin d'épancher une des plus violentes fureurs qu'il eût jamais éprouvées ; car il ne pardonnait pas à madame de Flamareil de n'être pas morte après leur séparation, ainsi qu'elle en avait pris l'engagement. Depuis dix ans, ce trépas imaginaire était son chagrin, son remords, son crime, son ver rongeur comme il disait ; et sans qu'il osât se l'avouer, son cœur prenait parfois un orgueilleux plaisir à se laisser ronger. Cette femme tuée par son amour lui inspirait une sorte de vénération pour lui-même. En se trouvant si fatal, il se respectait. Chaque fois qu'il venait de s'attendrir au sujet de sa chère morte, le regard qu'il promenait ensuite sur les vivantes avait quelque chose de plus royalement exterminateur. Renoncer à cette tombe, dont sa vanité s'était fait un piédestal, dépouiller ce deuil dans lequel se carrait depuis dix ans sa mélancolie, pour endosser le vulgaire uniforme des amans réformés et remplacés, était un désenchantement dont sa philosophie ne put supporter le choc. Le premier sentiment éclos de son indignation fut un besoin de vengeance, qui neutralisa la haine subite qu'il avait éprouvée pour Mornac en découvrant en lui son successeur.

— C'est elle qu'il faut frapper d'abord, se dit-il ; le tour de ce fat viendra plus tard. En attendant, il épousera ma cousine, et je veux que cette femme sans cœur en meure de dépit, puisqu'elle n'est pas capable de mourir d'amour.

Garnier résolut donc de garder son secret pour lui seul ; mais dans ce parti que lui dictait, avant tout, sa vanité, il fit, selon l'usage, intervenir un motif plus généreux.

— Elle a fait un appel à mon honneur, je me tairai ; ma vengeance, pour être noble, n'en sera pas moins foudroyante.

— Voulez-vous bien me dire le mot du proverbe que vous venez de jouer ? reprit monsieur de Pomenars en voyant le chef d'escadron absorbé dans ces réflexions qui projetaient sur sa large figure un reflet farouche.

— *Rira bien qui rira le dernier !* répondit l'officier en souriant de la même manière qu'un autre eût grincé les dents.

— Je suppose que l'âge m'a ôté l'intelligence ou la mémoire, repartit le vieillard ; j'ai beau interroger mes souvenirs de jeunesse, je n'y trouve rien qui, de près ou de loin, ressemble à votre manière orientale d'entrer en matière. Excusez ma curiosité, mais j'ai toujours aimé à m'instruire, et quoique je ne sois plus dans le cas de profiter de vos leçons, je les recevrais avec reconnaissance. Que diable avez-vous pu lui dire pour produire un effet pareil ? En sortant elle chancelait, et j'ai remarqué positivement qu'elle s'appuyait sur le bras de son mari ; vous voyez bien qu'elle avait un peu perdu la tête.

— Eh bien ! si j'ai fait impression sur elle, n'est-ce pas d'un bon augure pour la réussite de notre projet ? répondit Garnier en appelant à son aide une dissimulation étrangère à son caractère.

— Assurément ! ainsi notre conjuration subsiste toujours !

— Toujours ! et, s'il le fallait, je signerais mon serment de mon sang.

— Alors dites-moi...

— Je ne puis vous donner aucune explication ; mais croyez-en ma parole : le mariage de votre neveu et de ma cousine se fera, dût Satan en personne s'y opposer ; je prends tout sur moi.

Le petit vieillard se sentit subjugué malgré lui par la solennité de cette affirmation.

— Au fait, pensa-t-il, les femmes ont parfois des caprices si étranges ! Il est possible que cet Hercule africain réussisse avec sa grosse voix, ses moustaches de pandour et ses épaules de cent-suisse. Cependant, j'avais meilleure opinion d'elle !

Monsieur de Pomenars était atteint d'une faiblesse particulière aux petits hommes; les gens de haute taille lui inspiraient une répulsion dont la cause n'était peut-être pas exempte d'une certaine envie. A ses yeux, le colossal che d'escadron passait donc pour un de ces géans mal bâtis qui sèment la terreur dans les contes de fées; et pour admettre qu'un pareil ogre pût plaire, le vieillard philosophe était obligé d'invoquer l'irrévencieuse ironie qu'Arioste s'est permise dans Joconde.

— Édouard, quoiqu'un peu grand, est mille fois mieux que ce Goliath, pensa-t-il; mais les femmes ressemblent presque toutes à cet enfant qui disait à sa bonne : J'ai tant vu le soleil ! Si le soleil ennuie quelquefois, quel amant peut se flatter d'amuser toujours ? Hum ! si je n'avais que quarante ans, ou même cinquante, je me chargerais bien de trouver cet instant propice où l'ennui parle plus haut que l'amour et conseille l'inconstance ; mais à mon âge le rôle de spectateur est le seul qui convienne. Il faut laisser le champ libre à ce gros lion de l'Atlas.

Huit jours après, monsieur de Pomenars, qui s'était décidé à attendre l'effet des promesses de Garnier, le vit arriver l'oreille basse et la mine allongée.

— Cette femme-là nous fera tous damner ! dit le chef d'escadron, sans autre préambule : — elle a appris, n'importe comment, le mariage près de se conclure entre votre neveu et ma cousine; savez-vous ce qu'elle a fait alors? Elle a trouvé moyen de rencontrer ma tante chez madame de Lordes, que vous croyez dans vos intérêts, mais dont la conduite me semble fort louche, et que j'accuserais volontiers de défection : là, s'est formée une liaison qui, en moins de huit jours, est devenue de l'amitié, de l'intimité, de la passion ! Ma tante se laisse mener comme un enfant lorsqu'on sait exploiter son amour-propre. A l'heure qu'il est, elle ne parle que de madame de Flamareil, ne voit que par ses yeux, n'entend que par ses oreilles.

— Bref, madame de Flamareil a perdu Édouard dans l'esprit de madame de Passerot ! s'écria le vieillard en s'agitant dans son fauteuil.

— Pas du tout : oh ! vous ne la connaissez pas encore ! elle n'a pas dit un seul mot de Mornac; mais elle s'est prise d'une si belle tendresse pour Loïde, qu'elle la marie à un sien cousin poussé de terre tout exprès pour la circonstance, un monsieur d'Alignier, un jeune homme charmant, millionnaire, et plus noble que le roi; enfin un phénix dont ma tante raffole déjà sans l'avoir vu, et que va nous jeter sur les bras, au premier jour, la malle-poste de Marseille.

— Bien joué ! dit monsieur de Pomenars ; cette femme-là était née pour être ambassadrice. Mais vous, qu'avez-vous fait? Car, après votre étourdissant début de l'autre jour, je ne pense pas que vous soyez resté les bras croisés en face d'une pareille manœuvre.

— Moi ! s'écria Garnier d'une voix tonnante, j'arrive du Havre, où m'avait appelé la nouvelle de la mort de mon oncle, que j'ai trouvé à déjeuner mangeant sa huitième douzaine d'huitres. Il n'y a que ce démon incarné qui ait pu me jouer un pareil tour et me faire faire ce petit voyage d'agrément pour se débarrasser de moi. Dans ma première émotion d'héritier, je n'avais pas remarqué que cette infernale lettre d'avis n'était pas timbrée. C'est en arrivant ce matin, que j'ai appris de ma tante la révolution commencée pendant mon absence, et près de s'accomplir si nous ne montons pas à cheval.

Monsieur de Pomenars se renversa sur son fauteuil et ne chercha pas à retenir un rire moqueur.

— Eh ! eh ! jeunes gens, dit il, vous avez trouvé votre maître. L'autre jour, c'est Édouard qui part d'ici, déterminé comme un Spartiate, et qui revient sans son bouclier; aujourd'hui, c'est vous à qui l'on fait courir la poste. Ah ! ah ! le tour est piquant ! et cela vous apprendra, commandant, à ne pas croire si vite au décès des oncles. — Allons, puisque

les soldats en activité mettent bas les armes, je vois bien qu'il n'y a plus d'espoir que dans les invalides.

Le vieillard sonna.

— Lapierre, dit-il au domestique, faites mettre les chevaux à la voiture et venez m'habiller.

Une heure après, monsieur de Pomenars, l'œil plus vif, la taille plus droite, l'air plus vert-galant que jamais, se fit annoncer chez madame de Flamareil.

X.

La femme de quarante ans était dans son salon. A la vue de l'homme qu'elle détestait le plus au monde, le commandant Garnier excepté, elle se leva en affectant un gracieux empressement, et avança elle-même un fauteuil. Le vieillard, à qui son expérience avait appris que, même en diplomatie, la ligne droite est à la fois la plus courte et la plus sûre, s'assit, et entama aussitôt la discussion, comme une batterie, servie par des canonniers habiles, ouvre son feu dès qu'elle se met en ligne.

— Madame, dit-il avec un mélange de galanterie respectueuse, de fermeté conciliante et de familiarité paternelle, je viens traiter avec vous une négociation si délicate, que je la regarderais comme impossible si je m'adressais à une femme d'un caractère et d'un esprit ordinaires. Mais à vous, madame, je puis tout dire ; et la liberté dont je vais user est moins encore un droit de mon âge, qu'un hommage qui vous est dû. D'ailleurs, vous le savez, continua-t-il en portant la main à la coiffure soigneusement poudrée qui était une de ses coquetteries de sexagénaire, les cheveux blancs d'un vieillard ont le même privilège que la robe d'un confesseur.

— Voilà un exorde qui sent les approches de Pâques, observa madame de Flamareil avec un sourire ambigu. De quelle confession s'agit-il? de la mienne ou de la vôtre?

— De la mienne d'abord ; et puissiez-vous m'accorder l'indulgence que vous seriez sûre de trouver en moi, s'il était possible que vous en eussiez besoin.

— Je vous écoute, répondit Eudoxie, en se redressant sur son fauteuil avec la dignité glaciale d'une reine forcée d'entendre les remontrances de quelque vieux conseiller dévoué et radoteur.

— Vous savez, madame reprit le vieillard avec une aisance imperturbable, que je désire marier mon neveu, Edouard de Mornac ; c'est votre consentement à ce mariage que je viens solliciter.

— Mon consentement! s'écria madame de Flamareil dont les yeux habituellement si doux étincelèrent soudain ; — je ne comprends pas cette plaisanterie, monsieur; suis-je donc mère de monsieur de Mornac?

— Si cela était, madame, Édouard ne vous porterait pas un attachement plus profond que celui qu'il vous a voué. De grâce, ne m'interrompez pas. Je ne parle que des sentimens de mon neveu ; les vôtres sont un secret sacré pour moi et sur lequel je ne me permettrais pas même une conjecture. C'est donc à la femme pour laquelle Édouard donnerait sa vie, j'en suis certain, que je viens demander, en retour de ce dévoûment sans bornes, une preuve d'intérêt véritable. Vous comprenez bien, je n'en doute pas, qu'il faut qu'Édouard se marie; il est le dernier de sa famille et mon héritier le plus proche, c'est donc pour lui une absolue nécessité de position. Il refuse cependant et, à mon tour, j'apprécie trop vivement les raisons de son refus pour lui en vouloir. Vous seule, madame, pouvez obtenir de lui le sacrifice qu'exige l'intérêt de son avenir. En réclamant cette généreuse intervention, en mettant mes désirs sous la protection des plus nobles inspirations de votre cœur, ai-je trop attendu de vous?

— De la part de tout autre, je regarderais cet étrange discours comme un outrage; de la vôtre, monsieur, je veux n'y voir qu'une méprise. Je n'ai eu aucune manière le droit d'offrir mes conseils à monsieur de Mornac : permettez-moi de ne pas abuser plus longtemps de la bonté que vous mettez à me prodiguer les vôtres.

A ces mots, prononcés d'une voix calme, Eudoxie se leva comme pour mettre fin à une visite offensante et désormais sans but; mais le sexagénaire n'était pas homme à se laisser si facilement éconduire; il resta donc cloué sur son fauteuil, et reprit, sans aucune marque d'embarras :

— Je me suis adressé à votre cœur, et c'est votre cœur qui a répondu; j'aurais dû prévoir sa réponse. Maintenant parlons raison. Si Édouard ne se marie pas aujourd'hui, il le fera demain, ce sera dans un an, dans deux ans, dans dix ans si vous voulez; mais enfin tôt ou tard il se mariera, et vous le savez aussi bien que moi. Alors pourquoi ne pas essayer dès à présent un effort de courage que chaque jour doit rendre plus difficile? De grâce, madame, ne voyez plus en moi un tyran sans pitié, mais un homme dont toutes les sympathies vous sont acquises; oui, mon cœur est de votre parti, ainsi que votre raison se range du mien. C'est une épreuve cruelle, je le sais, et je voudrais en prendre la moitié; mais croyez-en mon expérience, toutes ces liaisons qui sont le seul bonheur de la vie doivent finir ainsi, quand celui qu'on aime est trop jeune pour offrir ces gages de stabilité sans lesquels l'amour n'est qu'un rêve dont il faut s'éveiller tôt ou tard; tandis qu'avec un homme dont la position est faite, et qui joint à la maturité rassurante de l'âge la chaleur d'une âme toujours jeune, l'intimité devient chaque jour plus douce, car aucune crainte de l'avenir n'en corrompt le charme.

Sans y songer, et par un effet de l'habitude, monsieur de Pomenars était retombé dans une de ces homélies que les anciens du diocèse de Paphos apprennent par cœur quand vient à fleurir leur cinquantième printemps. En voyant le chemin où s'engageait le vieillard toujours vert, madame de Flamareil se rassit doucement, comme si l'insidieuse éloquence des paroles qu'elle venait d'entendre l'eût fascinée en dépit d'elle-même.

— Ces réflexions sont trop vraies, dit-elle avec un accent mélancolique; voilà comme souvent nous autres pauvres femmes nous gâtons notre vie d'une manière irréparable.

— Irréparable! s'écria monsieur de Pomenars avec une chaleur juvénile; à votre âge peut-il exister quelque chose d'irréparable? Il n'est aucune blessure que le temps ne ferme, aucune douleur qu'il ne console.

— Le temps! répéta Eudoxie en secouant tristement la tête.

— Ou, remède plus prompt et plus efficace, les charmes d'une affection nouvelle, reprit le vieillard d'une petite voix douce comme le sifflement d'une couleuvre.

— Les souffrances du cœur exhalent une amertume qui éloigne ceux qui peut-être pourraient les guérir, dit la femme de quarante ans en levant ses grands yeux, comme si elle eût cherché au plafond la figure invisible de quelque ange guérisseur.

Le sexagénaire, qui depuis quelques instans, perdait insensiblement de vue le but de sa visite, suivit du coin de l'œil cette dolente pantomime, et l'interpréta d'après les calculs ordinaires d'un talent d'observation exercé, mais non pas infaillible.

— Je parierais, se dit-il, qu'elle n'aime réellement pas Édouard et qu'en tout ceci sa vanité se trouve plus en jeu que son cœur. L'amour d'un très jeune homme égaie ordinairement une femme de cet âge; or, elle me paraît mélancolique pour ne pas dire triste. Ces blondes à tempérament anglais ont dans le caractère une foule de nuances et de raffinemens, dont un écolier comme ce pauvre Édouard ne se doute seulement pas. Elle a réellement de l'esprit, de l'âme; il lui faudrait pour ami un homme qui sût la comprendre avant qu'elle eût parlé. Ah! si je n'avais que cinquante ans, monsieur mon neveu serait marié avant un mois. Mais, à mon âge, ce serait une folie! Ce qu'il y a de sûr, c'est que depuis quelques instans elle use avec moi d'une sorte de coquetterie; dans quel but?

Avant qu'il eût résolu cette question, le regard d'Eudoxie quitta le plafond et descendit sur lui aussi doucement que se pose une colombe.

— Achevez votre confession, lui dit-elle avec un sourire enchanteur; répondez-moi; est-ce uniquement par intérêt pour monsieur de Mornac que vous tenez tant à ce mariage?

— A-t-elle envie de se moquer de moi? pensa monsieur de Pomenars, ou bien ai-je tort en refusant de comprendre un langage dont j'aurais terriblement tiré parti il y a seulement cinq ou six ans? Mais après tout, si c'est un piége, qu'est-ce que je risque? et si elle est de bonne foi, ce qui est possible à la rigueur, pourquoi feindrais-je une inintelligence impolie?

— Si j'avais un autre motif, me le pardonneriez-vous? répondit-il alors, entraîné hors des limites de sa prudence ordinaire.

— Pour pardonner, il faudrait connaître l'offense, reprit Eudoxie, en veloutant encore l'aimant de sa prunelle.

M. de Pomenars hésita, comme un initié aux mystères de la franc-maçonnerie à qui l'on ordonne de sauter pieds nus sur un parquet hérissé de clous, sans qu'il sache si ces clous sont de feutre ou de fer. A la fin, la vanité l'emporta sur la défiance.

— Bah! se dit-il, quel intérêt aurait-elle à se jouer de moi? elle n'est pas heureuse; il est assez naturel qu'elle ait besoin d'épancher son cœur, et qu'un ami de mon âge lui inspire de la confiance; et puis, je suis peut-être trop modeste.

A cette réflexion péremptoire, le sexagénaire ne balança plus.

— Vous voulez connaître l'offense que j'ai commise, et je lis dans vos yeux que vous l'avez déjà devinée, s'écria-t-il d'une voix pathétique. Ma raison pour marier Édouard, c'est que depuis longtemps son bonheur m'importune, me désespère; c'est que.... je suis jaloux de lui.

— Jaloux! dit Eudoxie d'une voix de sirène; il me semblait que, pour être jaloux, il fallait d'abord être amoureux?

— Et si je l'étais?

— De moi?

— De vous.

— Quelle ironie!

— Dites quelle vérité! s'écria le vieillard exalté par son succès, en faisant vibrer le plus possible sa petite voix fêlée.

Madame de Flamareil retira sa main que son nouvel adorateur venait de saisir, et se penchant vers la cheminée, elle sonna. A ce geste, monsieur de Pomenars s'élança de son fauteuil, en se disant avec émotion :

— Va-t-elle me faire jeter par la fenêtre?

— Prévenez monsieur de Flamareil de la visite de monsieur de Pomenars, dit Eudoxie au domestique; puis, lorsqu'il eut refermé la porte, elle se leva et contempla un instant le petit vieillard, qui se tenait au milieu du salon, immobile et muet, comme si quelque fée malfaisante l'eût frappé de sa baguette.

— Je vous dois des remercîmens, lui dit-elle avec une raillerie d'autant plus poignante, qu'elle semblait chercher à se contenir; — j'étais souffrante lorsque vous êtes venu, et vous m'avez guérie; il y a bien longtemps que je n'ai passé une heure aussi amusante. Quant à l'objet de votre visite, voici ma réponse : puisque vous m'aimez, vous comprendrez qu'un autre puisse avoir aussi de l'attachement pour moi, et vous me pardonnerez mon mauvais goût, si je vous avoue que je tiens plus à une jeune amitié qu'à une passion... patriarcale.

Après avoir coiffé monsieur de Pomenars de ce dernier mot, propre à lui rappeler l'humble retenue qui sied au vieil âge, madame de Flamareil lui fit une révérence dont la grâce égalait l'ironie, et sortit du salon.

— Échec et mat! se dit le vieillard en se rasseyant tranquillement. Parbleu! voilà une maîtresse femme; à trente ans, j'en aurais été amoureux fou. Je comprends maintenant que ce pauvre Édouard se soit laissé emmaillotter, et que le gros commandant arrive du Havre; mais je lui prouverai qu'on ne vient pas à bout de moi comme de ces deux innocens.

La porte du salon s'ouvrit, et monsieur de Flamareil entra d'un air empressé.

— Je suis désolé qu'on ne m'ait pas prévenu plus tôt de votre visite, dit-il avec la politesse accomplie qui lui était habituelle.

— Mon cher monsieur de Flamareil, répondit le vieillard d'un ton un peu sec, je ne vous retiendrai pas longtemps, car je n'ai que quelques mots à vous dire. Vous savez aussi bien que moi que l'intérêt mutuel est la meilleure base pour toute espèce de négociation. Or, vous avez envie d'être député et vous avez besoin de moi auprès des électeurs de Périgueux ; de mon côté, j'ai envie de marier mon neveu, et j'ai besoin de vous pour terminer ce mariage.

— Disposez de moi, répondit monsieur de Flamareil, en quoi puis-je vous servir ?

— Vous allez le savoir. Madame de Flamareil, dans une intention que je ne me permettrai pas de juger, cherche à marier monsieur d'Alignier, son cousin, à mademoiselle de Passerot, dont je désire la main pour mon neveu. Je suis le premier en date, et pour aucune considération je ne renoncerai à mon projet. Je vous prie donc d'intervenir dans cette affaire, et de lever les obstacles que je rencontre, comme je me charge de lever ceux qui pourraient s'opposer à votre élection. En un mot voici mon ultimatum : pas de mariage pour Édouard, pas de députation pour vous !

— Vous avez le droit de me demander service pour service, répondit le mari ambitieux avec un sourire mêlé d'amertume. J'accepte vos conditions.

— C'est aujourd'hui lundi, et l'élection a lieu au commencement de la semaine prochaine ; mes dernières instructions aux membres du collége sur qui j'ai du crédit doivent donc partir vendredi. J'espère que vous aurez obtenu d'ici là un résultat définitif qui dictera ma conduite.

A ces mots, monsieur de Pomenars se leva et prit congé avec une politesse hautaine destinée à venger sur le mari la petite humiliation que la femme lui avait fait subir. Après l'avoir reconduit jusqu'à la porte d'entrée, monsieur de Flamareil, le front plus soucieux, l'œil plus sardoniquement triste que de coutume, traversa de nouveau l'appartement, et entra dans le parloir où s'était retirée Eudoxie.

XI.

Après l'escarmouche où son habileté de femme du monde avait mis en déroute l'expérience du vieillard anacréontique, madame de Flamareil s'était assise au piano, dans un accès de gaîté assez étranger à ses habitudes sérieuses ; mais à la vue de son mari, la joie puérile à laquelle la marche des *Puritains* servait de fanfare fit place à un malaise subit ; instinctivement, elle comprit qu'elle s'était trop hâtée de célébrer son triomphe, et ses doigts trahirent l'anxiété nouvelle qui venait de s'emparer de son esprit, en abandonnant le motif martial qu'ils avaient attaqué d'abord avec une victorieuse énergie.

Monsieur de Flamareil s'approcha lentement, et fermant la partition ouverte sur le pupitre :

— J'ai à vous parler, dit-il d'une voix grave.

— Quel air solennel ! répondit Eudoxie, qui, pour dissimuler son embarras, continuait de moduler une suite d'arpéges de plus en plus incohérente.

Le futur député accueillit avec une impassibilité glaciale le sourire qui avait accompagné ces paroles.

— Monsieur de Pomenars vous a-t-il parlé du motif de sa visite ? demanda-t-il ensuite en regardant sa femme fixement.

— Sans doute ; mais je ne pense pas qu'il vous ait fait part du résultat, reprit madame de Flamareil, dont le courage et le sang-froid se réveillèrent à l'approche du danger.

— Quel résultat ?

— Monsieur de Pomenars me paraît sujet à d'étranges distractions. Aujourd'hui, par exemple, il s'est figuré avoir rajeuni de quarante ans. Je lui ai rappelé que nous sommes en 1836, et que les beaux jours du directoire sont passés. Voilà tout.

Semblable aux capricieuses divinités du paganisme, mon-

sieur de Flamareil rejeta le sacrifice de la vieille victime que sa femme immolait politiquement sur l'autel conjugal.

— Si monsieur de Pomenars se prend pour un jeune homme, dit-il avec une dédaigneuse raillerie, il a eu tort de vouloir faire partager son illusion à une femme aussi experte que vous. Mais ce n'est pas de cela qu'il s'agit. Écoutez-moi, je vous prie, et si ce que je dois vous dire me force à m'écarter de ma réserve ordinaire, songez que je n'aborde pas volontairement un sujet pénible pour tous deux ! Il y a dix ans, à Lyon, lorsque je me battis avec cet homme que nous avons revu l'autre jour, et qui vous a donné, en vous insultant publiquement, une nouvelle preuve de son attachement et de sa courtoisie ; il y a dix ans, dis-je, je vous aimais assez pour être jaloux, assez pour jouer ma vie à cause de vous, assez pour vous tuer, et plus d'une fois j'ai été tenté de le faire. Malgré l'entraînement romanesque de votre caractère, vous n'aviez envie, je crois, ni de votre mort, ni même de la mienne, et vous n'avez rien épargné pour me guérir d'une susceptibilité si folle et si mal apprise. Vous avez réussi complétement. Il n'est point de passion qui résiste aux épreuves auxquelles vous avez soumis la mienne, point de besoin de vengeance qu'un outrage réitéré ne finisse par changer en indifférence pacifique. Aujourd'hui, je ne vous aime plus et je ne vous hais plus ; j'ai compris à la fin que coudre son amour ou son honneur à la robe d'une femme était une puérilité sans excuse ; j'ai donc mis mon honneur en moi seul, pour être plus sûr de le garder, et remplacé l'amour par un autre sentiment aussi fécond peut-être en déceptions, mais dont les blessures du moins ne font pas rougir. Je suis, dit-on, un ambitieux, cela est vrai, mais c'est vous qui m'avez rendu tel ; c'est vous qui, en me refusant le bonheur intime pour lequel je me sentais né, m'avez jeté dans les violentes distractions de la vie publique ; et rendez grâce à mon ambition, car vous lui devez la paix que je vous accorde. Une fois entré dans ce nouveau chemin, je vous ai laissée libre dans le vôtre. Cela est-il vrai, madame ? Vous ai-je jamais demandé compte de vos affections ? Ai-je cherché à réprimer ce besoin d'épanchement sympathique que votre cœur éprouve à un degré si éminent ? Ne me suis-je pas fait volontairement sourd et aveugle ? En un mot, n'avez-vous pas toujours trouvé en moi un mari, j'ose le dire, exemplaire ?

Monsieur de Flamareil fit une pause pour attendre une réponse, mais sa femme resta muette, le regard sombre et la tête baissée.

— Pour prix de ma belle conduite, je vous demande une seule chose, reprit-il avec une ironie de plus en plus incisive : ne compromettez pas ma position comme vous avez autrefois exposé ma vie ; j'ai pu me battre pour vous ; mais ma longanimité n'irait pas jusqu'à supporter patiemment une destitution dont vous seriez la cause.

— Je ne vous comprends pas, dit Eudoxie d'une voix faible.

— La chose est fort simple, cependant : si je ne suis pas député, avant trois mois j'aurai perdu ma place. Je connais les intrigues qui se trament à ce sujet, et je sais que mon successeur est déjà désigné ; tandis qu'une fois à la chambre, on a besoin de moi, et l'on me garde. Vous voyez donc que ma position, et par conséquent la vôtre, dépendent de mon élection, qui, à son tour, dépend de monsieur de Pomenars. Or, il vient de me déclarer qu'il ne m'appuierait pas si désormais vous apportiez un seul obstacle au mariage de monsieur de Mornac. Comprenez-vous, maintenant ?

— Enfant que je suis, se dit la femme de quarante ans, j'ai sonné trop tôt.

— On m'a donné quatre jours pour prendre un parti ; je vous accorde le même délai. Si vendredi tout n'est pas terminé, je vous préviens que je n'attendrai pas mon remplacement : dans ce cas, je demande ma retraite, et je vous emmène à Flamareil, où nous habiterons désormais. Si la perspective d'une pareille existence vous effraie, songez qu'il dépend de vous de vous y soustraire. Votre avenir est entre vos mains : à Paris, une vie libre et brillante, ou bien une vieille et triste maison au fond d'une gorge des Pyrénées. Il faut choisir. Quant à moi, ma décision est irrévocable ; vous savez que je cherche fort peu à user envers vous de mon autorité, mais que, lorsque je veux une chose, il faut que cette chose se fasse.

Monsieur de Flamareil se tut, et resta un instant immobile; mais voyant que sa femme persistait dans sa morne attitude, et ne lui répondait pas même par un regard, il s'inclina légèrement devant elle, et sortit.

Si une pareille comparaison peut être permise, après le départ de son mari, Eudoxie se trouva dans la position de Napoléon, perdant à Waterloo une bataille à demi gagnée. Les liens nouveaux dont elle avait chargé le repentant Édouard, la ruse traitresse qui l'avait débarrassée de son ancien adorateur, son triomphe récent sur monsieur de Pomenars, tous ces avantages remportés pied à pied, à force d'esprit, de sang-froid et d'habileté, s'anéantirent devant le manifeste inattendu d'une volonté qu'elle savait immuable, comme s'éteignit l'étoile de l'Empereur devant le rayonnement fatal des baïonnettes prussiennes.

—Tuez-moi! s'écria-t-elle en se sentant vaincue; mais avant de pousser ce cri de désespoir, elle attendit que monsieur de Flamareil fût sorti de la chambre. — Oui, je l'aime, et aucune puissance humaine ne brisera cet amour; ainsi donc, par pitié, tuez-moi!

Alors elle pleura comme pleurent les femmes, avec profusion et sincérité; elle retrouva dans son cœur toutes les angoisses qui l'avaient déchiré dix ans auparavant. Peut-être même sa souffrance fut-elle plus poignante qu'elle ne l'avait été alors, car à la torture présente vinrent se joindre les âcres souvenirs du passé; et ce rapprochement n'eut rien de consolateur: jamais une cicatrice n'a guéri d'une blessure.

De plus en plus abandonnée à ses tristes réflexions, elle accueillit tour-à-tour, elle si accomplie en esprit de conduite, les plus extravagans projets que puisse méditer la passion malheureuse. Tantôt elle se faisait enlever par Édouard et se sauvait avec lui en Italie; elle combinait d'avance les moindres détails de leur fuite, y compris les diamans, que les femmes n'oublient guère en pareil cas. Un moment après, elle se laissait conduire à Flamareil, mais Édouard l'y suivait déguisé en montagnard béarnais, et là, au milieu des belles Pyrénées, commençait pour eux une de ces existences pleines de danger et de mystère, dont la poésie aventureuse exerce tant de séduction sur les imaginations romanesques. Mais bientôt la raison de la femme de quarante ans chassa ces rêveries dignes d'une pensionnaire.

—Ce sont là des chimères, se dit-elle entre deux soupirs, notre siècle prosaïque ne comprend plus ces nobles folies du cœur. D'ailleurs pourquoi lutter et me débattre? ai-je donc tant de temps à souffrir?

Madame de Flamareil se leva et s'approcha de la glace placée sur la cheminée. En y voyant sa pâleur, ses traits altérés, ses yeux rougis par les larmes, elle se sentit malade, et peut-être y eut-il de la conviction dans la révélation instantanée d'une souffrance physique jusque-là imperceptible. Alors elle se souvint de la gastrite dont elle se croyait atteinte, comme dix ans auparavant elle avait invoqué à l'aide de son premier désespoir une maladie de poitrine également imaginaire.

— Mourir! dit-elle en retombant languissamment sur son fauteuil! Oh! oui, mourir! on oublie tout dans la tombe.

Après cette maxime un peu hétérodoxe, madame de Flamareil resta longtemps accoudée sur le piano, le front dans les deux mains, et pleurant sur sa destinée comme autrefois la fille de Jephté, mais pas par le même motif.

XII.

Ce soir-là se donnait le bal de madame d'Alvimare. Malgré la fièvre dont elle croyait sentir le frisson, Eudoxie voulut y aller dans l'espoir de rencontrer Édouard. Sa douleur ne lui fit oublier aucun des soins minutieux qu'elle apportait toujours dans sa toilette; car, ainsi que toutes les femmes, elle avait la coquetterie des anciens gladiateurs, et préten-

dait être belle même pour mourir. Mais le chagrin, qui glisse sur les visages de vingt ans en séchant du bout de l'aile les pleurs qu'il y fait couler, laisse une empreinte moins indulgente aux fronts où ne brillent plus les premières fleurs de la jeunesse. La pâleur et l'air souffrant de madame de Flamareil furent remarqués dès son entrée dans le bal; car le bruit du futur mariage de monsieur de Mornac attirait sur elle l'attention générale. L'émotion de dépit qu'elle ne put dissimuler à la vue d'Edouard figurant au milieu d'une contredanse, l'embarras inaccoutumé de son maintien lorsqu'il s'approcha pour la saluer, jusqu'au redoublement d'attentions que lui prodiguait diplomatiquement son mari, tout devint le texte de commentaires peu bienveillans. Grâce à ces officieux amis, qui ont toujours le caillou à la main pour vous écraser sur la face les mouches bourdonnantes de la médisance, Eudoxie passa la nuit à recevoir, sous forme de conseils affectueux ou de condoléances sympathiques, le ricochet des épigrammes les plus impitoyables que lui dardaient à l'envi tous les coins du salon; car, sans en être requis et en vertu du droit de justice discrétionnaire, par lequel il châtie souvent ses favoris, le monde, en cette occasion, prenait unanimement le parti de l'amant de vingt-cinq ans contre la femme de quarante. Toutes les petites haines qu'avait pu soulever celle-ci dans sa carrière élégante, rancunes de rivales et mécomptes de soupirans, se réveillèrent pour attiser cette réprobation publique, toujours si prompte à s'enflammer. Aux yeux des personnes graves, pour qui le mariage est chose sacrée, la conduite de madame de Flamareil approchait de l'endurcissement et de l'immoralité; d'autres, moins austères, se contentaient de dire que l'éducation de Mornac avait duré assez longtemps, et qu'il avait le droit de réclamer son émancipation; enfin les jeunes femmes ne comprenaient pas qu'à quarante ans on apportât dans ses sentimens une ténacité que l'âge commençait à rendre ridicule; l'avis de tous, en un mot, était qu'en s'opposant au mariage de son amant, Eudoxie n'éloignait que pour peu de temps la coupe d'amertume à laquelle sont condamnées les victimes d'un amour qui n'est plus partagé.

— C'est la femme abandonnée! telle était la sentence qui circulait de bouche en bouche.

Au milieu de toutes ces physionomies hostiles dont plusieurs ne dissimulaient qu'à peine, sous le masque de l'urbanité, leur secrète moquerie, Eudoxie n'aperçut qu'un seul visage où se peignit l'anxiété d'une véritable sympathie; ce fut celui de Léon de Boisgontier.

Enhardi par ce rehaussement de soi-même qu'inspire toujours le voisinage d'un malheur à consoler, l'aspirant d'amour ne quittait pas d'un long regard la dolente souveraine de ses jeunes pensées; et, d'après l'interprétation héroïque que les femmes donnent volontiers aux sentimens qu'elles inspirent, ce regard disait en langage de paladin :

—Madame, un seul mot, un seul geste, et mon bras va vous venger des insolens qui vous outragent.

—Pauvre jeune homme! se dit madame de Flamareil, dont les yeux languissans ne se détournèrent pas toujours devant cette contemplation pleine de passion et de prière; — cœur noble et généreux! il m'aime, lui, j'en suis sûre; il devine que je souffre, il mourrait pour moi, tandis qu'Edouard...

Edouard dansait. Par une de ces réactions familières à son caractère, depuis quelques jours il s'indignait contre les nouvelles chaines dont l'avait chargé le pardon d'Eudoxie, et, selon l'usage des hommes indécis, au lieu de tenter le sort d'une révolte, il exhalait son humeur hostile en puériles bravades. En voyant l'air de tristesse peint sur les traits de madame de Flamareil, il s'était imposé pour le reste de la soirée une gaîté d'emprunt; vengeance frivole de sa faiblesse contre le joug qu'il n'osait briser. Eudoxie se sentit frappée au cœur par cette conduite qui semblait s'associer à l'ironie générale, ou qui, du moins, lui donnait un aliment nouveau. Lorsque Mornac vint la saluer, au lieu de s'abandonner à l'épanchement douloureux dont elle éprouvait le besoin quelques heures auparavant, elle lui dit froidement ces seuls mots :

— Demain, à trois heures.

Un moment après, elle quitta le bal la mort dans l'âme,

mais le sourire sur les lèvres. En passant devant un groupe qui encombrait la porte du premier salon, elle entendit ces paroles que monsieur de Pomenars prononçait d'une voix claire et moqueuse :

— Que voulez-vous ? les jeunes gens sont plus longs à sevrer que les enfans.

Le vieillard se vengeait de sa déconvenue du matin, et le titre de nourrisson donné à Édouard était une riposte tardive à la qualification patriarcale dont il s'était vu lui-même affublé. Madame de Flamareil le foudroya du plus magnifique regard que puisse darder l'œil d'une femme outragée ; puis elle sortit lentement du salon, imposant aux plus railleurs par une fière contenance de lionne blessée qu'on n'ose frapper que de loin.

— Si vous ne prenez pas un parti prompt et décisif, lui dit son mari lorsqu'ils furent montés en voiture, avant trois jours vous serez la fable de tout Paris. Eh quoi ! vous qui, je le sais, me regardez comme un vieillard, quoique je n'aie que douze ans de plus que vous, ne vous êtes-vous jamais aperçue que vous en aviez quinze de plus que lui ? Si vous avez oublié de faire ce calcul, le monde le fait à votre place, je vous en préviens ; et si ce monde a parfois de l'indulgence pour les fautes auxquelles la jeunesse peut servir d'excuse, en revanche, il pardonne rarement une faiblesse à la maturité.

Madame de Flamareil ne répondit rien ; mais l'insomnie qui suivit pour elle cette soirée de tortures vit commencer une de ces révolutions mystérieuses qui s'accomplissent parfois dans le cœur des femmes avec une surprenante rapidité.

En ce moment la femme de quarante ans subissait une de ces souffrances complexes qui finissent par perdre en intensité ce qu'elles acquièrent en étendue, sorte de mosaïque douloureuse dont chaque fragment froisse une fibre de l'âme, mais qu'écaille la moindre résistance morale ; car, ainsi que tout autre mobile, la douleur est surtout puissante par l'unité de son action. Frappée à la fois par la société, par son mari, par l'homme qui était son amant et par celui qui l'avait été, Eudoxie trouva contre la multiplicité de ces attaques un courage qu'eût peut-être fait évanouir une blessure unique ; loin de se laisser accabler sous le nombre, elle imita Horace en divisant ses ennemis, et, plus habile encore, trouva moyen de les mettre aux prises pour s'en débarrasser.

Au commandant Garnier, dont l'importune résurrection lui rappelait sa première faute, elle opposa d'abord la prescription de dix ans aussi péremptoire en amour qu'en droit civil. — J'étais si jeune ! se dit-elle ensuite ; puis, pour en finir avec ce désagréable souvenir, elle se réfugia en pensée sous la protection de son mari ; elle se rappela le duel dont Fourvières avait été le théâtre ; elle se dit qu'en punissant le séducteur, monsieur de Flamareil avait entièrement effacé une tache qui avait déjà pour excuse l'inexpérience, et que se la reprocher davantage serait outrager la miséricorde conjugale ; ainsi blanchie et purifiée, elle se sentit saisi d'un bel accès de reconnaissance pour son mari.

— Oui, se dit-elle, en me protégeant contre ce soldat sans âme et sans distinction, monsieur de Flamareil a montré un caractère aussi noble qu'énergique. Un père ou un frère n'auraient pu faire davantage pour moi. Oh ! que n'est-il en effet mon père ou mon frère ! Dieu sait que j'aurais voulu l'aimer uniquement ! Pourquoi faut-il que l'austérité de son caractère, l'insociabilité de son humeur, le peu de ressources de son esprit, à mon égard du moins, la disproportion de nos deux âges, les travaux de sa place, les préoccupations absorbantes de son ambition et tant d'autres causes encore dont je suis innocente, aient créé entre nous cette mésintelligence qui m'a déjà coûté tant de larmes ! Le monde nous traite, nous autres pauvres femmes, avec une sévérité bien impitoyable. Les hommes ont mille moyens d'employer leur vie. La renommée, le pouvoir, la fortune, la gloire leur ouvrent autant de routes, où ils peuvent marcher sans blâme et sans remords ; mais nous, dont l'existence n'a qu'un seul but, nous n'avons pas même le droit de l'atteindre. Entre le bonheur et nous, un mariage contracté sans l'aveu de notre cœur vient dresser sa barrière tyrannique ; et si notre âme meurtrie se révolte un seul jour contre la chaine qu'elle n'a pas acceptée ; si le besoin de respirer la liberté, de vivifier nos

rêves, d'être heureuses, d'être aimées enfin, nous entraîne malgré nous vers la voie interdite ; si l'irrésistible instinct qui dit à la rose de fleurir, à l'hirondelle de voler, nous apprend que la femme a des parfums comme la fleur et des ailes comme l'oiseau, nous sommes criminelles alors, et le monde entier nous condamne ! Est-ce juste, ô mon Dieu ?

Madame de Flamareil joignit les mains, leva les yeux au plafond et se trouva en ce moment beaucoup plus malheureuse que coupable. Chaque fois qu'une femme a trébuché dans l'âpre sentier du mariage, elle s'en prend ainsi au ciel et à la terre avant de se blâmer elle-même ; elle accuse l'homme qui l'a épousée, les parens qui l'ont livrée, le prêtre qui l'a bénie, afin de pouvoir s'absoudre au milieu de cette culpabilité générale. Se fût-elle mariée à trente ans, elle se pose en mineure dont on a extorqué le consentement ; eût-elle fait le voyage de Gretna-Green, elle justifie ses pérégrinations extra-conjugales par une primordiale antipathie pour son mari. Eudoxie épuisa en sa faveur les attendrissans sophismes de cette dialectique féminine, et finit par se dire pour conclusion que, mésalliée, incomprise, délaissée, l'esprit condamné à l'ennui et le cœur à l'isolement, elle avait eu plus que toute autre peut-être le droit de demander à l'amour la félicité que lui refusait l'hymen.

Sa seconde faiblesse se trouva donc presque justifiée à ses propres yeux ; le spectre marital, qu'elle avait évoqué pour chasser le fantôme de Garnier, à son tour cessa de l'obséder et disparut de sa pensée en cédant la place à l'image de Mornac ; mais cette dernière vision, si chère jusqu'alors, avait perdu son charme accoutumé, et bientôt elle parut, elle aussi plus importune que consolatrice.

L'amour pardonne tout, l'amour-propre ne pardonne rien. La récente conduite d'Édouard, sa gaité factice, sa glaciale légèreté avaient un caractère d'offense préméditée dont l'idée réveilla soudainement dans l'âme de la femme de quarante ans l'orgueil, ce lion qui ne dort jamais que d'un œil. Par un effet analogue à cette loi physique qui veut qu'une douleur récente distraie d'une souffrance antérieure, et la guérisse pour ainsi dire en s'y substituant, les blessures de la vanité cicatrisèrent peu à peu celles de la tendresse ; l'implacable ironie de la société versa sur les plaies saignantes du cœur un caustique rendu plus efficace par son âcreté même ; en songeant au rôle de femme délaissée qui lui était d'avance attribué, Eudoxie éprouva un sentiment d'indignation contre Édouard, épargné, ou plutôt défendu par la médisance qui s'acharnait sur elle.

— Il entendait comme moi, se dit-elle, et cependant il était gai, il dansait, il semblait se faire un jeu de ma peine ; il mettait une sorte d'affectation à opposer à ma tristesse son air heureux et triomphant. S'il avait de l'attachement pour moi, se conduirait-il ainsi ? Égoïsme et vanité, voilà l'amour des hommes !

En formulant cette condamnation sans appel, Eudoxie ne s'apercevait pas qu'à ses côtés venaient de s'asseoir les fléaux contre lesquels se révoltait son âme ; couple royal qui gouverne le monde, car si l'égoïsme est homme, la vanité est femme, et ces êtres odieux font ensemble un très bon ménage.

Madame de Flamareil avait toujours été de bonne foi dans ses sentimens ; abusée la première par son exaltation, elle en avait calculé la durée d'après la violence, prenant ainsi pour immuable ce qui n'était qu'exagéré. En voulant mourir, dix ans auparavant, elle avait apporté dans ce vœu toute la naïveté de la passion malheureuse ; mais le corps, ce tenace adorateur de la vie, s'était révolté contre les funèbres désirs de l'âme ; sur lui le chagrin avait coulé comme l'huile sur une belle statue de marbre, et le temps, de son souffle railleur, avait fini par sécher jusqu'aux dernières perles de ce douloureux baptême ; enfin, au lieu du trépas, l'expérience était venue, et, quoique défavorablement écoutée, parlait trop haut parfois pour être toujours méconnue.

Les peines du premier amour sont simples dans leur amertume, car elles ne connaissent pas les comparaisons ; l'âme s'y plonge avec le fanatisme de l'homme qui se noie, sans qu'une voix ironique vienne lui dire : — On ne trouve pas la mort dans cette onde où tu veux périr ; mais celui dont le cœur est blessé pour la seconde fois perd jusqu'à l'illusion qui croit le désespoir éternel ; en tombant dans l'abîme, il distingue malgré lui cette lueur lointaine qu'aperçut Dante au fond de l'enfer et qui annonce le purgatoire ; il reconnaît la porte par où déjà il est sorti de la cité dolente ; involontairement il s'attriste en songeant qu'elle peut s'ouvrir encore, et ses yeux se mouillent de larmes, car il pressent qu'un jour il ne pleurera plus.

Il est des hommes qui se tuent pour échapper à l'amputation d'un membre ; il en est de même qui préféreraient l'anéantissement de l'âme à sa mutilation ; mais le plus souvent la mort manque de condescendance, et tel qui voudrait la tombe voit l'hôtel des invalides s'ouvrir devant ses béquilles.

En se trouvant presque calme après la nuit d'angoisses qu'elle venait de passer, Eudoxie éprouva tout-à-coup une torture nouvelle plus cruelle encore pour une femme que celle de l'amour malheureux.

— J'ai donc bien vieilli, pensa-t-elle, car d'où me viendrait cette insensibilité soudaine ? L'apathie que j'éprouve n'est pas de la résignation, mais de la fatigue. Autrefois de pareilles émotions m'auraient tuée, elles me brisent aujourd'hui. Au lieu d'un coup de poignard, c'est une destruction lente ; je n'ai plus même l'énergie d'appeler la mort, sans doute parce que je suis plus près d'elle et qu'elle pourrait m'entendre. Mourir lorsqu'on souffre, cela serait trop doux ! souffrir et vieillir, voilà la vie. La fleur qui s'effeuille doit envier le sort de celle qu'on arrache de sa tige. S'effeuiller... vieillir....

Madame de Flamareil se plaça devant la glace et s'y contempla longtemps en silence. Après avoir examiné, l'un après l'autre, les moindres détails de son visage, elle prit sur sa toilette un petit miroir afin de se voir de profil. Cette scrupuleuse étude terminée, elle sonna pour appeler sa femme de chambre, et fit changer sa coiffure qui lui laissait les tempes trop à découvert.

— Je ne suis pas encore trop affreuse, se dit-elle alors avec un mélancolique sourire ; du moins il paraît que telle est l'opinion de monsieur de Boisgontier ; mais il est temps que ces tourmens continuels finissent, ma santé n'y résisterait pas.

Il est probable qu'en ce moment la maladie de madame de Flamareil se présentait à elle sous la forme d'une ride. L'effet de cette vision fut foudroyant. Dès lors la femme souffrante cessa de penser à son amant pour ne s'occuper que d'elle-même.

A l'heure où Mornac se présenta chez elle, Eudoxie avait parcouru jusqu'au bout cette route de désenchantement que les esprits forts nomment la science de la vie, et qui mène les cœurs enthousiastes au calvaire de la réalité. Les illusions auxquelles se tenait cramponnée son âme avec l'énergie particulière aux femmes de son âge, s'étaient successivement envolées, en la laissant moins désolée qu'elle ne l'eût imaginé d'abord. Les paroles de monsieur de Pomenars bourdonnaient sans cesse à son oreille.

— S'il ne se marie pas aujourd'hui, il le fera demain.

Cette vérité, repoussée naguère par sa tendresse, fut enfin admise par sa raison. Eclairée par les récens mécomptes de son amour-propre, elle osa interpréter les changemens survenus depuis quelque temps dans la conduite de Mornac ; elle devina, révélation cruelle, la cause de l'humeur irritable, des irrésolutions capricieuses, de l'esprit de révolte, et des retours pathétiques qu'elle avait souvent remarqués en lui. Elle comprit enfin qu'elle ne devait plus qu'à un sentiment de générosité la continuité d'une liaison scellée jusqu'alors par une tendresse mutuelle. A l'idée de cette aumône d'amour, un froid subit lui glaça le cœur ; mais son orgueil révolté lui rendit à la fois la force et l'énergie.

— Je ne veux point de sa pitié, se dit-elle ; lui ai-je donc donné un pareil droit de vanité ? Sans doute il se figure que son mariage serait ma mort, et, par compassion, il ne veut pas que je meure !

Un fier sourire effleura les lèvres d'Eudoxie ; en ce moment elle se trouva guérie de sa gastrite, et presque de son amour. Elle ne songea plus à mourir : elle voulut vivre au contraire ; vivre pour être belle, pour être jeune toujours ; peut-être, car qui sait quel rêve peut faire l'imagination d'une femme offensée ? peut-être pour être aimée encore.

Madame de Flamareil reçut Édouard avec une froideur calme, sous laquelle se cachaient l'observation pénétrante d'un esprit désabusé, et la résolution d'un cœur affermi qui va au devant du calice.

— Tout le monde s'entretenait hier de votre mariage, lui dit-elle ; je suis étonnée que vous ne m'en ayez pas encore parlé ; dois-je donc n'en être instruite que par la lettre de faire part ?

— Vous savez bien qu'il est impossible que je me marie, répondit le jeune homme qui rougit d'émotion devant une attaque si directe.

— Impossible ! et pourquoi ? reprit-elle en jouant l'étonnement.

— Parce que je vous aime, balbutia Mornac, plus décontenancé par cette tranquillité inattendue, qu'il n'eût été troublé par une scène de jalousie ou de larmes.

Madame de Flamareil se pencha rapidement, lui prit les mains, et, fixant sur lui deux yeux étincelans :

— Tu m'aimes ? dit-elle ; répète-le moi.

Surpris par ce regard dont il se sentit pénétré comme par un fluide électrique, Mornac resta muet. Dans le premier moment il ne trouva pas dans son cœur un seul accent de vérité pour convaincre Eudoxie, ni dans son imagination un seul mensonge pour l'abuser. Lorsqu'il sortit de sa stupeur, il essaya quelques-unes de ces protestations banales qui ne manquent jamais aux amans, mais qu'il eut besoin de chercher. Il était trop tard ; l'épreuve était faite. Madame de Flamareil avait lu dans ces yeux, si passionnés autrefois, si décourageans aujourd'hui, l'avenir réservé à sa tendresse. Laissant retomber les mains qu'elle avait vainement interrogées par une étreinte éloquente, elle se leva et s'approcha de la fenêtre ; à travers la vitre où elle avait appuyé son front brûlant, elle aperçut bientôt le petit Boisgontier montant sur le boulevard sa faction accoutumée, et dont le regard, en se levant vers elle, sembla mettre à ses pieds le tribut d'amour qu'Édouard venait de lui refuser. En la rassurant sur le pouvoir de sa beauté, cette vue contribua peut-être à sa détermination soudaine.

— Être abandonnée tôt ou tard, ou rompre la première ! se dit-elle en s'enfermant dans ce dilemme comme dans le cercle de Popilius. Or, quelle femme, maîtresse de choisir, se fût résignée à sortir du côté de l'abandon ?

Eudoxie laissa retomber le rideau, traversa le parloir d'un pas rapide et sonna.

— Vous me permettez de ne pas vous retenir, dit-elle, il faut que je sorte, et je vais m'habiller. Votre oncle est riche ; mademoiselle de Passerot l'est aussi ; c'est une bonne affaire que vous ferez là, et je vous conseille de ne pas la manquer.

Stupéfait de cette conclusion, Mornac se précipita pour reprendre la main qu'il n'avait pas retenue, et qui lui fut rendue avec une indifférence plus mortifiante qu'un refus. L'entrée de la femme de chambre suspendit une scène que lui seul désormais cherchait à faire tourner au pathétique, contraint de se retirer, il sortit triste, amoureux, et en implorant du regard un pardon qu'il ne devait plus obtenir.

Pendant deux jours, madame de Flamareil, dont la porte resta fermée pour tout le monde, s'affermit dans une résolution qui lui coûta encore plus d'une larme, mais que son orgueil lui donna la force d'accomplir. Le troisième jour, quand son mari vint lui demander, d'un air soucieux et sombre, quelle réponse il devait faire à monsieur de Pomenars, elle affecta la distraction d'une personne à qui l'on parle d'une chose parfaitement indifférente.

— L'autre jour, dit-elle, vous avez profité de ma migraine pour me tourmenter beaucoup, je ne sais trop à quel propos. Pourquoi pensez-vous que je veuille m'opposer à vos désirs ? Je cherchais à arranger pour mon cousin un mariage convenable ; cela contrarie vos projets, n'en parlons plus ; j'ai déjà écrit à d'Alignier de rester à Marseille. Quant à monsieur de Mornac, qu'il se marie ou ne se marie pas, que m'importe ?

Monsieur de Flamareil sourit silencieusement comme pour protester de son incrédulité ; mais ayant obtenu ce qu'il désirait, il n'était pas homme à engager une de ces polémiques conjugales dont les maris sortent rarement victorieux.

— Vous m'avez menacée d'une manière assez barbare de m'enfermer à Flamareil, reprit Eudoxie ; loin de m'effrayer, se voyage me plait et je le demande comme une faveur. Je me sens plus souffrante depuis quelque temps, et j'espère que le changement d'air me fera du bien : d'ailleurs je serai là près de Baréges, dont les eaux me sont ordonnées.

Monsieur de Flamareil acquiesça, par un second sourire, à cette proposition, dans laquelle il crut deviner un plan de retraite momentanée, dicté par la résignation et la prudence; puis il sortit pour aller sommer monsieur de Pomenars de tenir sa promesse.

Le mardi suivant, Eudoxie, qui avait refusé de recevoir les visites d'Édouard et laissé sans réponse les lettres qu'il lui avait écrites, partit pour les Pyrénées, accompagnée de mistriss Lawington, son chaperon habituel ; quelques jours après, monsieur de Flamareil fut nommé député à Périgueux; enfin, deux mois plus tard, Mornac, soumis à la volonté de son oncle dont rien ne balançait plus l'influence, épousa, dans l'église de Saint-Germain-des-Prés, mademoiselle Loïde de Passerot.

A la fin du mois de juillet, madame de Lordes, qui avait pris une part active à la conclusion de ce mariage, donnait une soirée pour le fêter, à sa maison de campagne d'Anteuil; monsieur de Pomenars y montrait l'humeur allègre d'un homme qui a mené à bon port une négociation difficile, et qui rajeunit à l'idée de devenir grand oncle. Sur le point de repartir pour Alger, sans avoir conquis l'ombre d'une marquise ou d'une duchesse, le commandant Garnier se promenait en laissant tomber sur toutes les femmes le regard aigre-doux qui lui était devenu habituel depuis la chute de l'étoile d'Élise. Appuyée presque continuellement sur le bras de sa mère, par une timidité de débutante, madame de Mornac brillait du triple éclat de sa jeunesse, de sa fraîche beauté, et d'une de ces toilettes fastueuses, si chères aux nouvelles mariées dont le goût n'est pas encore formé. Au milieu de l'animation générale, Édouard seul paraissait triste et soucieux; il errait mélancoliquement des salons aux jardins. A la fin il se laissa tomber sur une causeuse à côté de son nouveau cousin.

— Quel détestable orchestre et quelle soirée insipide! s'écria-t-il d'un ton ennuyé.

— Vous voyez tout en jaune, parce que vous-même avez la jaunisse, répondit le chef d'escadron; savez-vous bien que vous êtes cruellement maussade depuis quelques jours, et qu'à la place de Loïde, j'aurais pour vous moins d'indulgence qu'elle ne vous en témoigne.

— Oui, Loïde est la meilleure des femmes, et je suis trop heureux de l'avoir épousée, reprit Édouard d'un ton funèbre; mais aujourd'hui je suis en proie à une mélancolie contre laquelle je cherche vainement à me débattre. Je le sens, mon pauvre Garnier, je suis plus vieux que mon âge; je partage le sort de tous ceux qui ont beaucoup vécu en peu de temps.

— Pathos romantique, dit le commandant en s'étendant sur la causeuse.

— Vous ne pouvez pas comprendre cela, et je vous envie votre heureux caractère. Vous autres militaires changez d'amour comme de garnison...

— Garnison! je vous ai déjà dit que ce mot-là me déplaisait.

— Mais moi, reprit Mornac sans faire attention au mécontentement de son interlocuteur, je ne sais pas briser en riant la coupe où je me suis enivré.

— Ne la brisez pas, mais versez-y d'autre vin

— Je n'ai plus soif, dit le jeune homme d'un ton lamentable.

— Vous pouvez vous flatter d'être amusant comme un Anglais.

— Pardonnez-moi; il est dans la vie des jours qui portent en eux une insurmontable tristesse, et aujourd'hui est un de ces jours-là; aujourd'hui, Théodule, est pour moi un anniversaire sacré.

— Allez-vous encore retomber dans vos aberrations romanesques? s'écria Garnier, qui, depuis la déception que lui avait fait éprouver la résurrection d'Élise, professait en fait de sentiment l'athéisme le plus féroce; — l'anniversaire de quoi? d'Austerlitz ou de Friedland?

— L'anniversaire du jour où je l'ai vue pour la première fois, répondit Mornac en poussant un soupir.

Le commandant se mordit les moustaches pour se contraindre, tant il se sentait disposé à faire à son compagnon une confidence propre à le culbuter de l'empirée aussi brusquement que lui-même s'en était vu précipité.

— Il y a six ans de cela; c'était aux Tuileries, dans l'allée des Feuillans, reprit le nouveau marié d'un ton élégiaque; et maintenant, savez-vous où elle est pendant que je danse ici? — Elle est aux eaux de Baréges, où l'a conduite sa santé détruite à jamais. — Aux eaux de Baréges! malade! mourante peut-être!

Garnier haussa les épaules avec une colère naissante.

— Je vous ferai observer, dit-il, 1° que vous ne dansez pas, ce que votre femme ne trouve pas, je crois, excessivement aimable; 2° que la personne dont vous parlez se porte, j'en suis sûr, aussi bien que vous ou moi. Je parie, si vous voulez, quatre-vingt mille francs du côté de sa santé; c'est tout ce que je possède, et je ne serais pas fâché de doubler mon capital. Tenez-vous le pari? Il y a ici une personne en état de le juger : c'est monsieur de Boisgontier, qui est arrivé ces jours derniers de Baréges.

En ce moment, le jeune homme dont l'officier de chasseurs invoquait le témoignage se montra à l'autre bout du salon comme une apparition docile au magicien qui la conjure. Depuis son retour des Pyrénées, le petit Boisgontier avait pris l'air sérieux, important et discret d'un homme récemment initié à des mystères surhumains; il marchait d'un pas solennel, regardant hommes et femmes du haut en bas et portant la tête à la manière de Saint-Just. En passant devant ses deux cousins, il sourit avec une ineffable supériorité et jeta à Mornac un salut aussi leste que celui qu'il en avait reçu sur le boulevard de la Madeleine; en un mot, il lui rendit, comme disent les Anglais, un Roland pour un Olivier.

— Que veut ce drôle? a-t-il envie que j'aille lui couper les oreilles? s'écria Édouard en se levant; mais ses jambes fléchirent subitement, et il retomba sur la causeuse à la voix du domestique qui annonçait à la porte du salon :

— Madame de Flamareil!

Conduite par son mari, qui semblait redoubler d'attentions pour elle; mise avec l'élégance simple et noble dont la coquetterie la plus raffinée possède seule le secret; plus belle, plus séduisante, mieux portante que jamais; offrant, en un mot, sur toute sa personne une sorte de rajeunissement merveilleux propre à donner aux eaux de Baréges le renom de la fontaine de Jouvence, Eudoxie s'avança d'un pas lent, accueillit gracieusement les empressemens dont elle devint l'objet, et prit possession du salon pour ainsi dire avec la majestueuse aisance d'une reine qui monte à son trône. Elle prévint madame de Passerot en allant la saluer, complimenta Loïde sur son mariage de l'air le plus naturel, échangea quelques mots d'une exquise ironie avec monsieur de Pomenars, qui, ne pouvant bouder tant d'esprit et tant de caractère, était accouru des premiers papillonner autour d'elle ; enfin, venant à passer devant la causeuse où Garnier et Mornac demeuraient assis dans une sorte d'abrutissement farouche, elle laissa tomber sur eux un regard, un seul regard pour eux deux, mais un regard si calme, si froid, si distrait, si chargé d'indifférence et d'oubli, que les deux hommes se sentirent oppressés comme si le couvercle d'un cercueil se fût appesanti sur leurs fronts.

Au moment où madame de Flamareil était entrée dans le salon, Léon de Boisgontier en était sorti par une autre porte. Cette manœuvre fut remarquée par monsieur de Pomenars, dont l'œil de lynx ne laissait rien échapper et qui sentait déjà sa curiosité étrangement éveillée par la béatitude inexplicable empreinte sur les traits de la femme de quarante ans.

— Voici qui est étrange, se dit-il; ce petit bonhomme est devenu tout-à-coup bien discret, lui qui ne pouvait autrefois lui adresser la parole sans rougir jusqu'aux oreilles, lui qu'on était sûr de rencontrer successivement dans tous les coins de salons, les yeux béans, fixés sur elle, et la face effarée comme le museau d'un faquir en extase! Il faut éclaircir cela.

Le vieillard s'approcha de Garnier et lui dit à demi-voix :

— Venez faire jaser le petit Boisgontier; je crois que c'est lui qui a recueilli la succession de votre voisin.

Le chef d'escadron se leva d'un bond, électrisé par cette insinuation machiavélique, car ce qu'il désirait le plus au monde était d'avoir pour compagnon d'infortune celui qu'il avait eu pour héritier en bonheur.

Les deux hommes trouvèrent Boisgontier sur le balcon de la salle de billard, les bras croisés sur la balustrade, les yeux levés vers le ciel, dont une large zone étoilée servait de plafond aux jardins de la villa.

— Comment, jeune homme, nous ne dansons pas? lui dit le petit vieillard en interrompant sans pitié cette sentimentale méditation; — et il y a là une foule de demoiselles qui font tapisserie!

— Je ne danse plus, monsieur, et je n'ai nulle envie de me marier, répondit le petit Boisgontier d'un air grave.

— Vous préférez, je le vois, la contemplation des étoiles à la conversation des femmes. Je ne sais pas si c'est là le chemin du ciel, mais ce n'est pas le moyen d'aller fort loin sur la terre.

— Je n'ai pas l'ambition d'aller plus loin qu'où je suis; quant aux étoiles, je vous avouerai que je les aime beaucoup.

— C'est un amour fort innocent, pensa monsieur de Pomenars. Allons, j'ai fait trop d'honneur à cet agneau,

Il tête encor sa mère.

— Ah! vous aimez les étoiles! s'écria le commandant avec la soudaineté d'un cheval qui hennit; mais il y a étoiles et étoiles. Et d'abord, les aimez vous toutes, ou n'en aimez-vous qu'une?

— Toutes, ce serait beaucoup, reprit Boisgontier avec l'accent de moquerie par lequel les esprits exaltés cherchent à garantir leur enthousiasme des profanations du vulgaire; — une seule étoile doit suffire à l'homme, puisqu'un seul Dieu suffit au monde.

— Peste! quelle poésie! Est-ce tiré d'une strophe de Victor Hugo? demanda monsieur de Pomenars, qui, ne comprenant rien aux regards d'intelligence du chef d'escadron, trouvait que l'enquête ne marchait pas très vite.

— Victor Hugo! un grand poète! un très grand poète assurément! et j'ai été longtemps son admirateur enthousiaste. Mais, aujourd'hui, je lui préfère Lamartine : Lamartine est le poète du cœur, répondit le petit Boisgontier d'un ton dogmatique.

Garnier laissa passer entre ses longues moustaches un sifflement sourd; puis, sans en demander davantage, il tourna le dos à ses interlocuteurs, surpris d'un départ si brusque, et, se lançant à travers la foule comme un cerf-volant, vint s'abattre sur la causeuse où Mornac était resté assis dans l'immobilité d'un sphynx égyptien.

— Frère, lui dit-il, donnez-moi la main, et sortez de votre humeur noire : les femmes ne méritent pas qu'on maigrisse pour elles; j'ai fait ce métier-là trop longtemps. Allons, morbleu! secouez-vous et buvez ce verre de punch. Je vous dis que nous étions frères avant d'être cousins; comprenez-vous?

— Pas le moins du monde, répondit Édouard en repoussant le verre.

— Et en ce moment nous avons un frère cadet, qui vous a payé ce que je vous devais. Comprenez-vous?

— Pas davantage.

— Eh bien! puisqu'il faut parler clairement, je m'appelle Lundi, vous vous appelez Mardi et le petit Boisgontier s'appelle Mercredi : comprenez-vous? sacrebleu!

— Je comprends que le nègre de Robinson s'appelait Vendredi; quelle histoire saugrenue me contez-vous là?

— Vous pouvez vous flatter d'avoir la tête dure; je vous dis, puisqu'il faut tout vous expliquer…

Garnier vida son verre de punch d'un trait, et se pencha à l'oreille d'Édouard.

— Je vous dis qu'Élise et Eudoxie sont la même femme, et que le Boisgontier est notre successeur à tous deux. Cette fois, si vous ne comprenez pas…

— C'est faux! s'écria Mornac, en s'élançant de la causeuse.

— Tout beau, cousin! reprit l'officier en lui serrant vigoureusement la main; je n'ai pas envie de m'aligner avec

vous. D'ailleurs, ma profession de foi est connue; je ne me battrais pas pour une femme, fût-elle impératrice! J'ai toujours remarqué que cela portait malheur : témoin, mon duel avec le mari de cette…

— Garnier…

— Il paraît qu'il s'est formé depuis cette époque et qu'il est moins féroce à Paris qu'à Lyon. Allons, de la philosophie et prenez exemple sur nous deux. Vous m'aviez bien remplacé, pourquoi donc un autre ne vous supplanterait-il pas? Oui, mon cher, c'est ce petit blanc-bec de Boisgontier qui est de semaine aujourd'hui. Il ne danse plus : de mon temps c'était déjà la consigne; on l'a mis, comme nous, au régime de Lamartine, et enfin il a aussi son étoile dans je ne sais quel coin du ciel.

Édouard, qui était devenu fort pâle pendant cette foudroyante révélation, chancela, et il serait tombé si son oncle ne se fût trouvé derrière lui pour le soutenir.

— Qu'as-tu donc? lui demanda le vieillard.

— Rien; c'est l'affaire de cinq minutes, répondit Garnier; vous sentez une espèce d'étranglement, n'est-ce pas? continua-t-il en s'adressant au jeune homme; je sais ce que c'est. Buvez ce verre de sirop.

Tandis que Mornac buvait avec la docilité d'un malade, le commandant raconta brièvement la trilogie d'espèce nouvelle dont madame de Flamareil était l'héroïne. Monsieur de Pomenars écouta ce récit, sans témoigner une très grande surprise, avec un sourire indulgent et moqueur; mais l'indulgence était pour la femme de quarante ans, la moquerie pour ses adorateurs désappointés. Depuis le mariage de son neveu, le vieillard s'était mentalement réconcilié avec Eudoxie, pour laquelle il avait toujours éprouvé cette sorte de sympathie qu'inspire l'esprit à l'esprit.

— Vous avez tort, dit-il en imposant silence au commandant, dont le langage prenait vers le dénoûment de son histoire une allure peu respectueuse pour l'héroïne; — que lui reprochez-vous? de vous avoir oubliés? mais vous, lui avez-vous été fidèles? De n'être pas morte pour vous? mais êtes-vous morts pour elle? Est-ce cette complication d'étoiles qui vous offense? songez qu'il y a bien des étoiles là-haut, et qu'on doit savoir gré à un cœur tendre de n'être allé que jusqu'à trois. Je vous dis, moi, que c'est là une femme très aimable, très spirituelle, très distinguée, et qui me rappelle tout-à-fait cette rose de la fable persane, dont le parfum se communique à tout ce qui en approche. Le petit Boisgontier a déjà beaucoup gagné depuis son retour de Baréges. C'est de la reconnaissance que vous lui devez tous et non une rancune brutale. Oui, certes, c'est une femme pleine de grâce ainsi que de mérite, et je la considère fort; il est impossible de mieux comprendre la vie qu'elle ne le fait, et je suis sûr qu'elle ira ainsi jusqu'à la fin, rattachant courageusement chaque fil qui se brise, se modifiant selon la nécessité, soumise à toutes les lois nouvelles que les progrès de l'âge lui imposeront encore. Aujourd'hui elle s'adonne à l'enseignement; que peut faire de mieux une femme de quarante ans? Plus tard elle s'appliquera à la religion et nous la verrons dame de charité en 1846. Charmante femme! je vous le répète! Si je n'avais que cinquante ans, moi qui vous parle, je vous jure que je ferais tous mes efforts pour gagner aussi mon étoile.

— Dans ce cas, observa Garnier, nous pourrions faire làhaut une partie de quatre coins; mais qui mettrions-nous au milieu?

— Parbleu, *il marito*, répondit le vieillard.

— Un lâche qui ne la tue pas! dit Mornac avec une indignation lugubre.

— Dis un homme d'esprit, reprit monsieur de Pomenars en riant, un homme de beaucoup d'esprit, qui se réveillera un de ces jours pair ou ministre, par la grâce de sa femme, et qui ne sera pas assez enfant pour s'écrier avec Châteaubriand :

Un trône ne console pas.

FIN DE LA FEMME DE QUARANTE ANS.

Paris. — Typ. de Mme Ve Dondey-Dupré, rue Saint-Louis, 46, au Marais.